KB115192

레벨업 축구황제 1

리더A6 현대 판타지 소설

초판 1쇄 찍은 날 § 2021년 7월 28일
초판 1쇄 펴낸 날 § 2021년 8월 4일

지은이 § 리더A6
펴낸이 § 서경석

총괄팀장 § 노종아
편집책임 § 김범석
디자인 § 스튜디오 이너스

펴낸곳 § 도서출판 청어람
등록번호 § 제387-1999-000006호
등록일자 § 1999. 5. 31
어람번호 § 제1-3149호

주소 § 경기도 부천시 부일로 483번길 40 서경B/D 3F (우) 14640
전화 § 032-656-4452 팩스 § 032-656-4453
http://www.chungeoram.com
E-mail § chungeorambook@daum.net

ⓒ 리더A6, 2021

ISBN 979-11-04-92371-5 04810
ISBN 979-11-04-92370-8 (세트)

※ 파본은 구입하신 서점에서 교환하여 드립니다.
※ 저자와 협의하여 인지를 붙이지 않습니다.
※ 이 책은 도서출판 청어람과 저작자의 계약에 의해 출판된 것이므로,
　무단 전재 및 유포·공유를 금합니다.

목차

Chapter. 1

만년 후보.
축구 못하는 놈.
진드기.
실력 없는 놈.
머저리.

전부 나에게 붙은 수식어다.
실력이 부족해도 축구를 좋아한다는 마음 하나로 팀에서 3년
을 버텨 온 나에겐 가혹한 수식어이기도 했다.
나는 정말 진드기처럼 버텼다.
버티다 보면 실력을 꽃피우고 멋지게 주전 자리를 꿰찰 수 있
을 것이라 믿었다.

"진드기 선배."

"뭐, 이 새끼야?"

"아아, 이민혁 선배였지. 푸흐흡! 미안해요. 잘못 말했어요."

후배들의 무시와 멸시.

이런 일이야 하루에 몇 번이고 일어나는 일이기에 익숙했다.

다만, 이어진 말은 내게 비수가 되어 꽂혔다.

"대회 끝나면 드디어 다른 일 알아보시겠네요?"

"…닥쳐."

"그 눈빛… 뭐야? 설마 아직도 포기 안 한 거예요? 그냥 맘 편하게 포기해요. 어차피 선배가 뛸 자리는 없는 거 알잖아요? 한 번이라도 뛰어 봤으면 모를까, 만년 후보면서… 풉!"

틀린 말은 아니었다.

눈앞엔 아마추어 선수들에겐 기회의 장이라 불리는 전국고교 축구대회가 펼쳐지고 있고.

나는 졸업반인 고등학교 축구부 3학년임에도 벤치에 앉아 있다.

'정말… 축구를 그만둬야 하는 건가?'

포기라는 단어가 머릿속에 그려지기 시작할 때.

"이민혁! 박찬수랑 교체다. 몸 풀 시간 없으니까 바로 들어가!"

내게 기회가 찾아왔다.

축구를 그만두기 전, 처음이자 마지막으로 얻은 기회.

그렇게 나는 경기장에 발을 디뎠다.

그런데…….

[퀘스트를 완료하셨습니다!]
[퀘스트 내용: 전국고교축구대회에 출전하세요.]
[보상으로 경험치가 대폭 증가합니다.]

[레벨이 올랐습니다!]
[레벨이 올랐습니다!]
[레벨이 올랐습니다!]
[레벨이 올랐습니다!]
[레벨이 올랐습니다!]

내게 이상한 일이 벌어졌다.

*   *   *

이민혁은 축구를 못한다.

축구를 처음 시작한 초등학교 1학년 때부터 고등학교 3학년인 지금까지 늘 못했다.
얼마나 못하냐고?
선수라는 말을 붙이기엔 한참이나 부족하고, 그냥 동네에서 볼 좀 잘 차는 일반인 수준.
딱 그 정도였다.
오죽했으면 별명이 만년 후보, 축구 못하는 놈, 진드기, 실력 없는 놈, 머저리였을까.

"에휴… 진짜 더럽게 못한다."

"저 병신, 저걸 못 넣어?"

"얼씨구? 저 머저리 자식 패스하는 꼴 좀 봐라."

"쯧쯧! 저러니까 경기에 못 나오지."

"쟤 축구 왜 하는 걸까? 그냥 가끔 친구들이랑 동네 축구나 하지, 실력도 없는 게 선수는 무슨……"

위와 같은 정도의 모욕은 하루도 거르지 않고 들었다.

당연하게도 이민혁의 삶은 늘 싸움과 가까이 있었다.

"쟤 얼굴 왜 저래?"

"또 싸웠다는데?"

"어휴, 쟤 어째 안 싸우는 날을 보는 게 더 어렵냐?"

"실력도 없는 게 성질은 더럽잖아."

몸과 정신이 다치고 깨지는 것.

이민혁에겐 익숙한 일이었다.

다만, 이 악물고 버텼다.

19살이 된 지금까지도 각종 모욕과 서러움을 견뎌 냈다.

사람들은 많이들 질문했다.

도대체 어떻게 견디는 거냐고.

이민혁은 그 질문에 대답했다.

'축구를 하고 싶으니까. 그리고 프로 축구선수가 되겠다는 꿈이 있으니까 버틴다.'

그렇게 이민혁은 프로가 될 수 있다는 강력한 믿음을 갖고 견뎠다.

하지만 결국 그에게 돌아온 건 차가운 벤치에 앉는 것이었다.

그토록 노력했음에도 출전하지 못했다.

올해 마지막 대회였다.

이번 기회에 스카우터들의 눈에 띄지 않으면 프로리그로 갈 확률은 더 낮아지게 된다.

아니, 이쯤 되면 사실상 남은 기회는 없다고 봐야 했다.

뛰지도 못하는 선수를 영입할 프로 팀은 없으니까.

'정말… 축구를 그만둬야 하는 건가?'

그토록 강인하게 버텨 왔던 이민혁이지만.

지금 이 순간만큼은 그의 희망이 무너져 내리고 있었다.

그런데.

"이민혁! 박찬수랑 교체다. 몸 풀 시간 없으니까 바로 들어가!"

고등학교 내내 여러 대회를 돌아다니면서 단 한 번도 얻지 못했던 기회.

드디어 그 기회를 얻었다.

그러나 그토록 원했던 기회를 얻었음에도 웃지 못하는 데엔 두 가지 이유가 있었다.

'팀 동료가 다쳤는데 웃으면 그대로 사이코패스 취급 받는 거지.'

동료의 부상으로 인한 교체 출전이라는 것과.

'이건… 영락없이 버리는 카드잖아.'

후반전이 진행되고 있는 지금, 팀이 4 대 1로 밀리며 사실상 패배가 짙어진 상황에서의 출전이라는 것.

사실상 패전 선수라는 게 이민혁을 씁쓸하게 했다.

더불어.

"이민혁! 들어가서 공 잡으면 절대 끌지 말고 바로바로 애들한테 넘겨. 알았어? 혹시나 측면에서 공 잡으면 바로 공격수한테 롱패스 보내고."

"······."

"대답 안 해? 확 씨! 경기 뛰기 싫어?"

"아닙니다. 수행 잘하겠습니다."

"이 새끼 봐라? 표정 안 풀어? 야, 너 말고도 뛸 사람 많아. 그동안 버틴 게 불쌍해서 특별히 뛰게 해 주는 건데 어딜 감히······."

"열심히 하겠습니다."

자신에게만 유독 차가워지는 감독의 눈빛도 이민혁의 마음을 아프게 했다.

'감독님, 당신은 나에 대한 기대가 조금도 없는 겁니까?'

몇 번이나 부서지고 나으며 단단해진 마음이 신기하게도 또다시 아파 왔다.

다만, 이것 역시 익숙한 고통일 뿐.

'가 보자.'

이민혁은 아무 일 없다는 듯 경기장을 향해 발걸음을 내디뎠다.

그 순간.

[퀘스트를 완료하셨습니다!]

[퀘스트 내용: 전국고교축구대회에 출전하세요.]

[보상으로 경험치가 대폭 증가합니다.]

[레벨이 올랐습니다!]

[레벨이 올랐습니다!]

[레벨이 올랐습니다!]

[레벨이 올랐습니다!]

[레벨이 올랐습니다!]

허공에 반투명한 메시지들이 주르륵 떠올랐다.

"이게… 뭐야?"

이민혁은 정신을 차릴 수가 없었다.

당연한 일이었다.

2013년도인 지금, 영화관에서 3D 영화는 볼 수 있어도 눈앞에 홀로그램이 떠오르는 경우가 있다는 건 듣도 보도 못한 일이었으니까.

"내가… 레벨업을 했다고?"

갑작스레 벌어진 상황에 당황하고 있을 때.

새로운 메시지가 떠올랐다.

[스탯 포인트가 지급되었습니다.]

[상태 창을 확인하세요.]

'…게임 같은 건가?'

한때 게임을 즐겼던 적이 있는 이민혁이기에 메시지가 뜻하는 바를 알 수 있었다.

다만 믿을 수가 없었을 뿐.

생각할 시간은 길지 않았다.

"야, 이민혁! 뭐 해? 빨리 들어가!"

"예, 알겠습니다!"

이민혁은 뒤에서 들려오는 감독의 호통에 빠르게 발걸음을 옮겼다.

메시지들은 여전히 그의 눈앞에 둥둥 떠 있었다.

'일단 눈앞에 있는 이것들이 사라져야 경기에 집중할 수 있겠어.'

처음 얻은 기회이자, 마지막이 될지도 모르는 기회였다.

너무도 소중한 기회.

정체를 알 수 없는 메시지에 시야를 방해받고 싶진 않았다.

'어떻게 해야 지워지는 거야?'

눈앞의 메시지가 원하는 걸 해 줘야만 사라지는 거라면, 그렇게 해 줄 생각이었다.

한데, 어떻게 하는지 감이 오질 않았다.

그저 상태 창을 확인하면 되지 않을까… 라는 의문이 들었을 뿐.

그런 의문을 품고 마침내 머릿속으로 상태 창을 떠올렸을 때.

새로운 정보가 눈앞에 나타났다.

[이민혁]

레벨: 6

나이: 19세(만 17세)

키: 181㎝

몸무게: 72㎏

주발: 오른발

[체력 69], [슈팅 60], [태클 54], [민첩 62], [패스 58]

[탈압박 59], [드리블 58], [몸싸움 62], [헤딩 61], [속도 71]

스탯 포인트: 10

이민혁의 눈이 커졌다.

정말 게임에서나 보던 상태 창이지 않은가!

'진짜 상태 창이 뜬다고?'

더구나 키랑 몸무게, 나이, 주발에 대한 정보는 분명 자신의 것이 맞았다.

하지만, 이내 그의 눈이 가늘게 변했다.

의심 가득한 눈으로 상태 창을 살폈다.

'능력치가 구린 걸 보면 내 정보가 맞는 것 같긴 한데……'

가장 먼저 눈에 띈 건 깔끔하게 나열된 능력치들이었다.

대충 보더라도 좋지 않다는 걸 알 수 있는 수준의 능력치들.

다음으로 '스탯 포인트'를 향해 시선을 두자, 새로운 메시지가 떠올랐다.

[스탯 포인트로 능력치를 올려 보세요.]

[현재 보유하신 스탯 포인트는 10입니다.]

이쯤 되자 이민혁은 자신이 미쳐 버린 게 아닐까 의심할 수밖에 없었다.

그래서.

우선 비현실적인 상황을 받아들이기로 했다.

'에라 모르겠다! 스탯 포인트 전부 슈팅에 몰빵 한다!'

[스탯 포인트 10을 사용하셨습니다.]
[슈팅 능력치가 10 상승합니다.]
[현재 슈팅 능력치는 70입니다.]

어차피 다시는 뛰지 못할 대회였기에 기회가 온다면 시원하게 슈팅이나 때려 보자는 생각으로 올린 능력치.

물론 이게 정말 효과가 있을 거라는 희망은 조금도 없었다.

그때였다.

"이민혁 선배!"

짧은 외침과 동시에 길게 날아오는 공.

메시지를 보던 이민혁은 공의 움직임을 미처 파악하지 못했다.

당연히 제대로 받아 낼 수 없었다.

"……!"

틱!

재빨리 발을 높이 뻗어 봤지만, 공은 이민혁의 발끝에 스치며 경기장 라인 밖으로 빠져나갔다.

완벽한 실책이었다.

"아오, 저걸 못 받아?"

들려오는 후배의 짜증 가득한 말과.

"야, 이 병신 새끼야! 뭐 하는 거야? 정신 안 차려?"

감독의 쌍욕에도 할 말이 없었다.

"…죄송합니다!"

이후, 이민혁은 자신의 실수를 만회하고자 이를 악물고 뛰어다녔다.

그야말로 개처럼 뛰어다니며 상대를 압박했다.

그나마 자신 있는 거라곤 죽어라 뛰어다닐 정신력이 있다는 것과 스피드가 준수한 편이라는 것 정도.

이민혁은 자신이 가진 무기를 전부 꺼내 들고 상대를 향해 덤벼들었다.

조금이지만 효과는 있었다.

윙어로 출전한 이민혁이 끊임없이 전방 압박을 펼치자 상대가 부담을 느꼈다. 그러자 패스의 정확도가 떨어지기 시작했다.

"뭐 해?! 침착하게 볼 돌리라고!"

"거기서 패스미스를 하면 어떡해?!"

작은 실수는 치명적인 결과를 만들어 내게 마련.

상대 팀 수비수의 발끝에서 나온 패스미스는 이민혁의 팀, 대한고등학교엔 큰 기회로 다가왔다.

타앗!

재빨리 공을 가로챈 대한고의 공격수는 슈팅을 때리는 척 몸을 접었다. 그 움직임에 상대 수비수 하나가 속아서 엉덩방아를 찧었다.

'됐어!'

수비수 하나를 제친 대한고의 공격수는 더 큰 욕심을 부렸다.

여기서 동료한테 패스한다면 분명 골 기회가 만들어질 것이란 걸 알았다. 하지만 그럴 생각은 없다.

어차피 팀이 이기긴 글렀다. 한 골 차도 아니고 4 대 1로 지고 있지 않은가.

더구나 이 경기가 어떤 경기인가!

무려 프로 팀 스카우터들이 지켜보고 있는 경기다.

이런 곳에선 패스 셔틀보단 자신의 실력을 뽐내는 게 더 중요 했다. 더구나 자신은 스트라이커다. 욕심 좀 부린다고 쫓겨나진 않을 것이다.

그래서 대한고의 공격수는 또 다른 수비수마저 제치기 위해 헛다리를 짚었다. 휘익! 한 번의 페인팅을 준 이후 곧바로 스피 드를 내며 오른쪽으로 몸을 틀었다.

하지만, 상대 팀 수비수는 그 움직임을 예상했고.

촤악—

깔끔한 슬라이딩태클로 공을 걷어 냈다.

"안 돼!"

욕심으로 인해 골 기회를 놓친 대한고의 공격수는 좌절했고.

데구르르르—

공은 빠른 속도로 한 선수를 향해 굴러갔다.

'이게 나한테 온다고?'

이민혁은 굴러오는 공을 보며 감독이 했던 말을 떠올렸다.

'공 잡으면 절대 끌지 말고 바로 동료한테 넘기라고 하셨지?'

사실상 아무것도 하지 말라는 감독의 명령.

자신을 머저리로 생각하지 않으면 하지 않았을 말이란 걸 알았다.

즉.

'어차피 내가 뭘 하든 머저리로 볼 거잖습니까?'

감독에게 자신에 대한 기대감은 없다.

애초에 기대치가 없기에 실수를 하든 안 하든 똑같이 욕을 먹을 것이다.

그래서일까?

이민혁은 평소라면 절대 하지 않았을 행동을 했다.

'거리는 30m 정도.'

연습경기 때, 단 한 번도 성공하지 못했던 거리에서의 중거리 슈팅.

지금이라고 들어갈 거라는 생각은 하지 않았다.

목적은 골이 아니었다.

그저 속이 후련할 정도로 시원하게 공을 때려 보는 것 정도면 충분했다.

'어차피 마지막인데, 슈팅 한 번쯤은 괜찮잖아?'

이민혁은 다리를 뒤로 뺀 후, 다가오는 공을 향해 강하게 휘둘렀다.

그런데.

"……!"

느낌이 이상했다.

분명 있는 힘껏 공을 찼는데 무언가를 찼다는 느낌이 별로 없었다.

너무나도 부드러운 느낌.

이윽고 더 이상한 일이 일어났다.

쉬이이이익!

때려 낸 공이 이상할 정도로 **빠른** 속도로 골대 안을 향해 쏘아졌고.

상대 팀 골키퍼는 반응조차 하지 못했다.

공은… 상대 팀의 골 망을 크게 흔들었다.

"이게 뭐야……?"

이민혁은 경악할 수밖에 없었다.

살아생전 이 정도로 깔끔한 중거리 슈팅 골을 만들어 낸 적이 없었으니까.

이건… 자신의 실력으로 할 수 없는 일이었으니까.

그리고 그 순간.

새로운 메시지가 떠올랐다.

[퀘스트를 완료하셨습니다!]
[퀘스트 내용: 전국고교축구대회에서 골을 기록하세요.]
[보상으로 경험치가 대폭 증가합니다.]

[레벨이 올랐습니다!]

[레벨이 올랐습니다!]
[레벨이 올랐습니다!]

*   *   *

이민혁의 골이 터진 순간.

"실화냐……?"

"이걸 이민혁이……?"

"쟤가 어떻게……?!"

"방금 이민혁 맞아?"

대한고등학교 선수들은 혼란스러웠다.

다른 이도 아닌, 머저리 이민혁이 골을 넣다니!

그것도 30m라는 먼 거리에서의 중거리 슈팅 골이라니!

이건 슈팅 능력이 굉장히 좋은 선수만이 만들 수 있는 장면이지 않은가.

더구나 연습도 아닌 실전이었다.

당연히 실전에선 연습 때보다 실력이 나오지 않게 마련.

그런데 연습에서도 못하는 선수가 실전에서 멋진 골을 넣으니, 두 눈으로 똑똑히 봤음에도 믿기 어려웠다.

하지만 혼란은 잠시뿐이었다.

이내 대한고등학교 선수들의 입가에선 비웃음이 흘러나왔다.

'이민혁 저 자식, 평생 쓸 운 방금 다 썼군.'

'운 좋게 제대로 맞았나 보네.'

'저 진드기 같은 놈이 뽀록 한 번 터뜨렸구만.'

'뽀록 터졌으니까 이제 원래 실력대로 오지게 삽질하겠지?'

이들은 방금 들어간 골이 이민혁의 실력이라고 생각하지 않았다.

그저 운이 좋아서 나온 장면이라고 확신했다.

대한고등학교 감독, 강철중의 반응도 비슷했다.

"제깟 놈이 실력으로 넣은 거겠어? 어쩌다 잘 맞은 거겠지."

지금껏 저 머저리를 봐 온 기간이 3년이었다.

저 한심한 놈이 실력으로 골을 넣었을 리가 없다.

강철중 감독이 봐 온 이민혁은 그 누구보다도 재능이 없는 놈이었으니까.

그렇게 생각하니 화가 났다.

비록 골이 되긴 했지만, 머저리 같은 자식이 감히 자신의 말을 거역하지 않았는가.

"야! 이민혁 이 새끼야! 이번엔 운 좋게 골이 들어갔지만, 다음부턴 바로바로 패스해! 알겠냐?!"

같은 시각.

정작 골을 넣은 당사자가 가장 혼란스러워하고 있었다.

'설마… 진짜였어?'

이민혁은 자신의 다리를 바라봤다.

방금 슈팅은 분명 자신의 실력을 한참이나 뛰어넘는 것이었다.

냉정히 말해서 자신에겐 방금과 같은 슈팅을 때릴 능력이 없다.

그렇다는 건…….

'…슈팅 능력치를 올린 게 효과가 있었던 거야?'

슈팅 능력치에 스탯 포인트 10개를 때려 박은 것.

믿기 어려웠지만, 이것 말곤 방금의 골을 설명할 방법이 없었다.

그때, 이민혁의 시선이 지금도 둥둥 떠 있는 메시지로 향했다.

[퀘스트를 완료하셨습니다!]
[퀘스트 내용: 전국고교축구대회에서 골을 기록하세요.]
[보상으로 경험치가 대폭 증가합니다.]

[레벨이 올랐습니다!]
[레벨이 올랐습니다!]
[레벨이 올랐습니다!]

'만약 이것들이 정말 내 능력을 올려 주는 거라면……!'

혹시 모른다는 것.

그 정도면 충분했다.

꿈을 포기하려고 했던 남자에겐 충분히 큰 희망이었으니까.

[이민혁]
레벨: 9
나이: 19세(만 17세)
키: 181㎝
몸무게: 72㎏

주발: 오른발

[체력 69], [슈팅 70], [태클 54], [민첩 62], [패스 58]

[탈압박 59], [드리블 58], [몸싸움 62], [헤딩 61], [속도 71]

스탯 포인트: 6

마침내 진지한 마음으로 메시지와 상태 창을 바라보자, 이민혁은 몇 가지 사실을 알 수 있었다.

'내가 모르는 퀘스트가 있어.'

클리어하기 전까지 내용을 알 수 없는 퀘스트가 존재한다는 것과.

'레벨이 하나 오를 때마다 스탯 포인트 두 개를 받는 거지?'

레벨이 오를 때마다, 레벨당 스탯 포인트가 2만큼 지급된다는 것.

그리고.

'신중해야 해.'

스탯 포인트를 조금 전처럼 마구잡이로 사용해선 안 된다는 것을.

'부족한 능력치를 보완해야 하나? 아니, 아니야. 그건 여유가 있을 때나 할 만한 방법이야.'

이민혁이 고개를 저었다.

당장 이번 경기가 마지막이 될 수도 있고, 실제로 그럴 가능성이 컸다.

'이번 경기에서 지면 끝이야.'

적어도 둘 중 하나는 이뤄 내야 했다.

지금 펼쳐지고 있는 경기에서 스카우터들에게 자신의 존재감을 보여 주거나.

아니면, 팀의 역전승을 이끌어서 기회를 한 번이라도 더 얻어 내야 한다.

'그나마 현실적으로 가능한 건 경기에서 역전하는 거겠지.'

이민혁은 수없이 많은 모욕을 당해 왔다.

그 결과 스스로를 객관화할 수 있게 됐다.

'현재 내 실력으로 스카우터들의 눈에 띄는 건 불가능해.'

솔직히 자신에겐 스카우터들에게 존재감을 드러낼 실력이 없다.

포인트로 능력치 조금 올렸다고 해서 실력이 급성장할 리가 없다는 걸 안다.

그래서.

이민혁은 경기를 역전시키는 것에 모든 걸 걸어 볼 생각이었다.

물론 알고 있었다.

'상상만으로도 어렵네.'

이것 역시 쉽지 않은 길이라는 걸.

하지만 다른 방법은 없다. 어떻게든 팀이 승리하게 만들어야만 한다.

'어떻게 해야 팀에 큰 도움이 될까?'

현재 스코어는 4 대 2.

후반전이라는 걸 생각하면 최대한 빠르게 2골을 만들어 내야한다.

이게 가능해지려면 자신이 활약하거나 동료에게 골 기회를 만들어 줘야 한다.

고민은 짧았고, 답은 빠르게 나왔다.

'그나마 잘하는 걸 더 잘하게 만들어야 해.'

새로운 무기를 얻는 게 아닌, 지닌 칼을 더욱 날카롭게 가는 것.

즉, 가진 장점을 더욱 뛰어나게 만들어야 승산이 있다.

이게 바로 이민혁이 내린 답이었다.

그래서.

이민혁은 가장 자신 있는 능력의 스탯을 올렸다.

[스탯 포인트 6을 사용하셨습니다.]

[속도 능력치가 6 상승합니다.]

[현재 속도 능력치는 77입니다.]

"죽어라 뛰어다니는 것 하나는 자신 있지."

축구를 하는 사람이라면 그 누구도 부정하지 못할 것이다.

스피드가 빠르다는 게 축구에서 큰 무기가 된다는 걸.

이민혁 또한 이를 부정하지 않았다.

그가 부족한 실력에도 대한고등학교에서 버틸 수 있었던 가장 큰 이유 중 하나가 준수한 스피드 때문이었으니까.

그렇기에, 이민혁은 확신했다.

'정말로 속도가 빨라진다면 분명 팀에 큰 도움이 될 거야.'

스탯 포인트로 속도 능력치를 높인 게 효과가 있다면 공격과

수비 모든 상황에서 팀에 도움이 될 거라고.

더 빠르게 수비하고, 더 빠르게 역습하는 게 가능해질 거라고.

그래서일까?

'우선 골부터 만들어 보자.'

이민혁의 눈빛에 자신감이 흘러나오기 시작했다.

삐익!

경기가 재개됐다.

4 대 2 스코어가 되어 버린 지금, 상대 팀 선수들은 자신들의 진영에서 여유를 갖고 공을 돌렸다.

이들에게 급할 이유는 없었다.

공을 돌리면 돌릴수록 자연스레 상대인 대한고등학교 선수들의 체력은 빠지고, 시간은 계속 흐를 테니까.

반면, 대놓고 시간을 끄는 상대의 플레이에 대한고등학교 선수들의 얼굴이 붉게 달아올랐다.

'젠장! 저 새끼들, 대놓고 시간을 끌잖아?'

'이딴 식으로 할 거냐?!'

'되게 더럽게 나오네! 아오, 시간도 없는데……'

'이렇게 허무하게 탈락하는 건가……?'

지금 이 순간, 대한고등학교 선수들의 머릿속엔 패배라는 단어가 떠올랐다.

하지만.

단 한 선수, 이민혁의 눈빛만은 여전히 살아 있었다.

그의 머릿속에 포기라는 단어는 없었다.

냉정한 시선으로 상대를 바라보고 기회를 만들기 위해 뛰어다녔다.

'분명 기회는 올 거야.'

어차피 고등학교 수준의 선수들에게서 노련한 경기 운영은 나오기 어렵다.

저들은 프로가 아니다.

시간이 지날수록 집중력이 흐트러지고 실수를 하는 아마추어다.

더구나 계속해서 강한 압박을 받는다면?

분명 실수가 나올 거라 믿었다.

시간이 얼마나 지났을까?

"아악!"

마침내 공을 돌리던 상대 팀 수비진 쪽에서 비명이 터져 나왔다.

계속된 이민혁의 압박에 못 이겨 결국 치명적인 패스 실수를 한 것에 대한 좌절이었다.

'왔어!'

상대의 패스를 끊어 낸 남자, 이민혁은 공을 몰고 속도를 내며 전진했다.

'확실히 빨라!'

이민혁의 입꼬리가 올라갔다.

19년을 살아오며 단 한 번도 경험해 보지 못한 스피드가 느껴졌다.

단숨에 상대 수비수들 근처로 달리자, 수비수들은 정신을 차리지 못하고 우왕좌왕했다.

가뜩이나 체력적으로 힘들고 집중력이 떨어진 시간이었고.

그런 상황에서 갑자기 역습이 펼쳐지니 당황한 것이다.

대한고등학교엔 간절히 원하던 기회가 온 상황.

'때릴까?'

이민혁의 머릿속엔 조금 전의 슈팅이 떠올랐다.

자신이 한 거라고 믿을 수 없는 강력한 중거리 슈팅.

동시에, 스스로 질문했다.

아까 같은 슈팅을 다시 때려 낼 수 있을까?

'아니.'

답은 '아니다'였다.

그래서.

'제발 침착하게 받아 넣기만 해!'

이민혁은 박스 안으로 침투하는 동료 공격수를 향해 패스를 찔러 넣었다.

터엉!

원하는 곳으로 패스를 찔러 넣는 건 어렵지 않았다.

아무리 실력이 없다지만, 축구를 해 온 기간이 11년이었다.

상대의 압박도 없는 상황에서 패스를 집어넣는 것 정도는 충분히 할 수 있었다.

쒸이이익!

상대가 재정비하기도 전에 나온 빠른 타이밍의 전진패스가 잔디를 쓸며 쏘아졌다.

그리고.

조금 전, 욕심으로 인해 좋은 기회를 날렸던 대한고등학교의 공격수 김철수가 공을 받아 냄과 동시에 슈팅을 때렸다.

퍼어엉!

"됐어!"

골을 확신하는 김철수의 외침이 터져 나왔다.

그러나.

김철수의 얼굴은 곧바로 일그러졌다. 그가 때린 슈팅이 상대 골키퍼의 펀칭에 막혀 버렸기 때문.

"이게 왜 막혀?!"

데구르르르!

골키퍼가 튕겨 낸 공이 페널티박스 바깥으로 굴러 나왔고.

상대 팀 수비수들과 대한고등학교 선수들은 다급히 공을 향해 달렸다.

그리고 이때.

가장 빠르게 공을 잡아 낸 선수가 있었다.

'능력치 올린 효과가 있네.'

이민혁이었다.

타닷! 그는 달리던 속도 그대로 공을 몰고 전진했다.

애초에 공의 위치가 페널티박스 바로 바깥이었기에 골키퍼에게로 도달하는 시간은 짧았다.

"어딜!"

상대 팀 골키퍼가 이를 악물고 달려들었다.

그 순간.

터엉!

이민혁의 발이 공을 차 냈고, 골키퍼는 슬라이딩까지 하며 몸을 던졌다.

동시에.

"으헉?!"

골키퍼가 경악했다.

그럴 수밖에 없었다.

공이 자신이 지키는 골대를 향해 날아오지 않았으니까.

바닥에 낮게 깔린 채, 옆에서 달려오는 대한고등학교의 또 다른 공격수 최준에게로 향했으니까.

"패스였냐아아악!"

골키퍼의 좌절이 담긴 외침 속에서.

대한고의 공격수 최준은 이민혁이 넘겨준 공을 골대 안으로 가볍게 밀어 넣었다.

철렁—

스코어는 이제 4 대 3이 되었고.

"됐쓰! 역전 각 나와쓰!"

"으하하하! 역시 최준이라니까? 거기서 침착하게 넣어 버리네!"

"최준의 마무리는 역시 명품이야!"

대한고등학교의 분위기가 달아올랐다.

선수들은 골을 넣은 최준을 둘러싸며 크게 기뻐했다.

하지만.

심장이 터질 듯 뛰어다니며 기어코 골을 떠먹여 주기까지 한 이민혁에 대한 칭찬은 끝내 나오지 않았다.

오히려 차가운 시선만 느껴졌다.

'오늘 이민혁 운이 제대로 발딱 섰네? 설마 저 머저리가 도움까지 기록할 줄이야.'

'븅신이 운빨 하나는 끝내주는구만?'

'만년 후보 주제에 웬일로 도움을 기록했대?'

반면, 이민혁은 덤덤했다.

애초에 동료들의 따뜻한 시선 따위는 바라지도 않았다.

지금, 그의 관심은 오직 남은 시간으로 향해 있었다.

'시간이 없어.'

경기 종료까지의 시간이 얼마 남지 않았다는 것.

그 사실이 이민혁을 불안하게 만들었다.

그때였다.

텅 빈 허공에 메시지들이 연달아 떠오르기 시작했다.

[퀘스트를 완료하셨습니다!]

[퀘스트 내용: 전국고교축구대회에서 어시스트를 기록하세요.]

[보상으로 경험치가 대폭 증가합니다.]

[레벨이 올랐습니다!]

[레벨 10을 달성하셨습니다!]
[스킬이 지급됩니다.]

눈앞에 주르륵 떠오르는 메시지들을 본 순간.
'됐어!'
이민혁은 주먹을 불끈 쥐며 기뻐했다.
이제는 확실하게 알았다.
레벨이 오르면 자신에게 무조건 도움이 된다는 걸.
그런데, 유독 눈에 띄는 메시지가 있었다.

[스킬이 지급됩니다.]
['예리한 슈팅'을 습득하셨습니다.]

'스킬이라고……?'
'예리한 슈팅을 습득하셨습니다'라고 적혀 있는 메시지.
이민혁은 그 메시지를 향해 홀린 듯 손을 뻗었다.
그러자, 새로운 정보가 떠올랐다.

[예리한 슈팅]
유형: 패시브
효과: 슈팅 시 20% 확률로 정확도가 대폭 상승합니다.

"……!"
이민혁의 눈이 커졌다.

'다섯 번 중 한 번은 정확도 높은 슈팅을 때릴 수 있다는 거잖아?'

20% 확률로 슈팅 정확도가 대폭 상승한다니!

아직 경험해 보지 않았음에도 확신할 수 있었다.

이 스킬의 효과가 대단할 거라는 걸.

동시에 고민했다.

'슈팅 능력치를 올려야 하나?'

레벨이 1 오르며 2포인트를 얻은 지금, 어떤 능력치를 올려야 할지를.

또한, 슈팅 능력치가 오르면 '예리한 슈팅' 스킬과 시너지효과가 나지 않을까?라는 생각이 머릿속에 스쳐 지나갔다.

하지만.

'스탯 포인트가 더 많았으면 모를까, 아직은 아니야.'

이민혁은 이내 고개를 저었다.

현실적으로 경기 중 슈팅을 때릴 수 있는 상황이 몇 번이나 되겠는가?

많아야 2번? 3번? 심지어 단 한 번의 슈팅도 때려 보지 못하는 경우가 더 많다.

더구나 이민혁에겐 패스가 잘 안 온다.

공을 잡는 횟수 자체가 적기에 슈팅 기회는 더 적을 수밖에 없다.

때문에, 슈팅에 스탯 포인트를 투자하기보단 더 효율적인 선택을 해야 했다.

[스탯 포인트 2를 사용하셨습니다.]

[속도 능력치가 2 상승합니다.]

[현재 속도 능력치는 79입니다.]

이민혁의 선택은 단연 속도였다.

'효율을 생각하면 속도를 선택하지 않을 이유가 없지.'

조금 전 속도가 빨라진 걸 직접 경험했고, 그 효과가 얼마나 대단한지 느끼지 않았던가.

두근!

이민혁은 왼쪽 가슴 위에 손을 올렸다.

빠르게 뛰는 심장이 느껴졌다. 얼굴도 뜨겁게 달아올랐다.

'이 능력치로도 이렇게 빠른데, 80이 넘어가면 얼마나 빨라진 다는 거야? 또, 다른 능력치도 높아지면……!'

성장의 한계를 알 수 없게 됐다는 것과.

축구를 포기하지 않게 될 수도 있다는 것이.

이민혁을 설레게 했다.

처음 축구를 시작했을 때의 설렘, 그 이상의 설렘이었다.

*　　　　*　　　　*

레벨 10이 되며 속도 능력치가 오르고 슈팅 관련 스킬까지 얻은 지금.

이민혁의 플레이엔 자신감이 드러났다. 더 적극적으로 뛰어다니며 상대를 압박했다. 촉박한 시간 때문에 생긴 불안감은 어느

새 사라졌다.

반면, 상대는 어김없이 공을 돌리며 시간을 보내려 했다.

분위기가 대한고등학교 쪽으로 넘어간 걸 알기에, 상대 팀은 더욱 신중하게 패스를 주고받았다.

대놓고 시간을 끄는 플레이였고, 골을 만들어야 하는 팀에겐 좌절감을 안겨 주는 플레이였지만.

상대의 플레이에 좌절하기엔, 대한고등학교의 분위기가 너무나도 뜨겁게 달궈진 상태였다.

"역전 각 제대로 나왔어! 다들 쫌만 더 힘내자!"

"쟤들 분명히 또 실수한다! 계속 압박해!"

"더! 더 끝까지 부딪쳐!"

숨이 턱 밑까지 차오르는 시간인 후반 86분이었음에도.

대한고등학교 선수들은 피를 토해 낼 기세로 상대를 압박했다. 공을 돌리든 말든 끝까지 쫓았다.

그리고 마침내.

"나이쓰!"

"준아, 굿 태클!"

대한고등학교가 기회를 잡았다.

상대의 패스를 끊어 낸 건, 조금 전에 골을 넣은 공격수 최준이었다.

고등학교 2학년임에도 뛰어난 실력으로 대한고의 주전 공격수 자리를 꿰차고 있는 그는, 최전방 압박을 펼치는 움직임마저 좋았다.

탓! 공을 잡은 최준이 주변을 둘러봤다.

이미 그의 주변엔 수비수 하나가 붙은 상황.

무리한 돌파를 하기보단 더 좋은 자리에 있는 동료를 찾았다.

최준은 빠르게 동료들의 움직임을 파악하며 패스할 곳을 찾았다.

'김철수 선배한테 보내면 100% 오프사이드고, 우정호 선배는… 젠장, 수비한테 잡혀 있네. 그러면 패스할 곳이……'

그때, 최준의 눈에 한 선수가 보였고.

가장 좋은 위치에 있는 그 선수를 본 순간 최준의 표정이 구겨졌다.

'이민혁 선배는… 불안한데.'

그의 눈에 보인 이민혁의 움직임은 분명 좋았다.

오른쪽 측면에서 상대 풀백보다 더 빠르게 침투를 하는 저 움직임은 역습 상황에서 윙어가 할 수 있는 정석과도 같다.

만약 저 선수가 이민혁이 아니었다면 최준은 조금도 망설임 없이 공을 넘겼을 것이다.

하지만 이민혁이라면?

이야기가 달라진다.

힘겹게 얻은 기회이자, 꼭 살려야 하는 기회였기에 더욱 망설여졌다.

만약 조금만 더 여유가 있었다면 절대 이민혁에게 패스하지 않았을 것이다.

문제는 여유가 없었다.

'젠장! 한번 믿어 봅니다.'

터엉—

최준이 어쩔 수 없이 조금 전, 좋은 모습을 보였던 이민혁의 모습을 생각하며 공을 보냈다.

그리고 지금.

투욱!

왼발로 공을 받아 낸 이민혁이 눈을 빛냈다.

'이 기회를 살려야 해.'

그때였다.

주변에서 시끄러운 잡음들이 들려왔다.

"이민혁 이 새끼야! 헛짓거리할 생각 하지 말고 당장 크로스 올려!"

감독의 거친 목소리와.

"패스! 패스해!"

"야! 김철수 선배 침투하잖아! 찔러 넣어!"

3학년 동기들과 2학년 후배들의 다급한 목소리.

으득!

이민혁이 어금니를 강하게 씹으며 고개를 저었다.

'아뇨, 전 할 수 있습니다.'

골대와의 거리는 20m.

슈팅을 잘 때린다면 충분히 골을 만들어 낼 수 있는 거리다.

이민혁은 기회를 양보하고 싶지 않았다.

엿같은 잡음들에 흔들리고 싶지도 않았다.

그래서.

이민혁은 모든 잡음을 무시하고 다리를 강하게 휘둘렀다.

쉬이익! 공을 왼발로 살짝 민 뒤에 오른발로 때리는, 반템포 빠른 슈팅 시도였다.

슈팅을 때리는 이민혁의 표정은 유독 간절했다.

그런데.

단순히 슈팅의 임팩트가 잘되길 바라는 간절함이 아닌, 뭔가 다른 느낌이 풍기는 간절함이었다.

마치 무언가를 기다리는 듯한 모습이었다.

'제발!'

이윽고 이민혁의 발등이 공을 강하게 때려 냈고.

퍼엉!

20m 거리에서 슈팅을 때린 이민혁의 입가엔 진한 미소가 지어졌다.

'됐다!'

웃음이 나올 수밖에 없었다.

그의 눈앞에 간절히 원했던 메시지가 떠올랐으니까.

[20% 확률로 '예리한 슈팅' 스킬 효과가 발동됩니다!]
[슈팅의 정확도가 대폭 상승합니다.]

*   *   *

이민혁이 최준에게 패스를 받아 슈팅을 때리기 전.

따닥! 딱!

대한고등학교의 감독 강철중.

그는 불안한 눈으로 엄지손톱을 물어뜯고 있었다.

'아오! 한 골, 단 한 골만 넣으면 동점인데… 안 되려나?'

퉁! 퉁!

강철중 감독은 이제 발까지 동동 굴러 가며 경기장을 바라봤
다.

"장 코치!"

"예! 감독님!"

갑작스러운 감독의 호출에 옆에 서 있던 장현욱 코치가 대답
했다.

대답은 그 어느 때보다도 빨랐다.

예민한 감독 앞에서 대답이 늦는다면 쌍욕이 날아올 테니까.

"시간! 시간 얼마나 남았지?"

"3분 남았습니다!"

"3분? 에이 씨! 시간 더럽게 없네!"

그때였다.

강철중 감독이 지켜보는 가운데, 대한고의 공격수 최준이 상
대의 공을 끊어 냈다.

"오오! 그래! 최준 이 자식! 좋아!"

상대의 페널티박스 근처에서 끊어 낸 공이었다.

직접 슈팅을 가져가기까진 수비수가 근처에 있어서 무리였지
만, 연계를 잘 거치면 바로 골을 만들어 낼 수 있는 상황이었다.

그런데.

최준의 패스가 오른쪽 측면에서 달리는 이민혁에게로 향했다.

"으잉? 야! 최준! 왜 하필이면 저 머저리 새끼한테 주냐고오!"

강철중 감독이 목에 핏대를 세워 가며 소리를 질렀다.

더불어 다급하게 이민혁을 향해 지시했다.

"이민혁 이 새끼야! 헛짓거리할 생각 하지 말고 당장 크로스 올려!"

분명히 들렸을 거다.

들릴 수밖에 없게끔 크게 소리쳤으니까.

한데, 이민혁은 감독의 말을 깔끔하게 씹고 슈팅을 때릴 것처럼 다리를 휘둘렀다.

"억! 저 새끼가 감히⋯⋯!"

강철중 감독이 뒷목을 잡았다.

순간적으로 열이 확 뻗쳐서 눈앞이 노래지는 느낌이었다.

저 머저리 새끼의 슈팅이 골이 될 거란 기대는 조금도 없었다.

'축구도 못하는 새끼가 오늘 우연히 골 맛 한 번 봤다고 주제도 모르고 설쳐?!'

그런데 이때, 장현욱 코치가 다급히 감독을 불렀다.

"감독님!"

"아, 왜!"

"⋯드, 들어갔는데요?"

"어엉?"

강철중 감독이 눈을 뜨고 경기장을 바라봤고.

골대 안에 들어간 공을 볼 수 있었다.

"정말⋯ 들어갔네? 진짜 저 머저리 이민혁이 넣은 거야?"

"예. 민혁이가 중거리 슈팅으로 넣었어요."

"말도 안 돼……!"

강철중 감독이 멍하니 이민혁의 뒷모습을 바라봤다.

저게 정말 자신이 알던 머저리 이민혁이 맞는 건가?

오늘 이민혁의 플레이는 마치 전혀 다른 사람이 된 것 같지 않은가.

이 상황은… 그의 상식으론 전혀 이해가 되지 않았다.

'이게 대체 어떻게 된 일이야?'

강철중 감독은 몰랐다.

이해할 수 없는 일은 아직 끝나지 않았다는 것을.

*　　　　　*　　　　　*

'짜릿하네.'

이민혁의 얼굴이 상기됐다.

중거리 슈팅을 성공시키며 골을 넣은 것에 대한 기쁨이 몰아쳤다.

더구나 경기 종료가 코앞까지 다가온 상황에서 터뜨린 동점골이었다.

잔뜩 긴장했고, 간절했기에 골이라는 결과는 더욱 짜릿하게 다가왔다.

그리고.

허공에 떠오른 메시지는 그를 더욱 짜릿하게 만들었다.

[퀘스트를 완료하셨습니다!]

[퀘스트 내용: 동점골을 만들어 팀을 위기에서 구하세요.]

[보상으로 경험치가 대폭 증가합니다.]

[레벨이 올랐습니다!]

"이거지!"

이후, 상태 창을 확인하니 현재 레벨은 11이 되었고, 스탯 포인트 2개가 들어와 있었다.

이민혁은 곧바로 스탯 포인트를 사용했다.

[스탯 포인트 2를 사용하셨습니다.]

[속도 능력치가 2 상승합니다.]

[현재 속도 능력치는 81입니다.]

양 팀의 스코어가 동점이 된 지금.

경기가 재개된 지 얼마 지나지 않아, 경기는 연장전으로 돌입했다.

단판에 승부를 봐야 하는 대회 특성상 연장전과 승부차기가 존재했다.

당연하게도 양 팀 모두 승리를 향한 의지를 불태웠다.

더 높은 곳으로 올라가고, 스카우터들의 눈에 띄기 위해 모든 걸 쏟아 냈다.

하지만 체력적으로 지칠 수밖에 없는 시간.

"조금만 더 뛰면 돼!"

"끝까지 뛰라고오오!"

지쳐 버린 양 팀 선수들은 최선을 다했지만, 더 이상 좋은 공격 장면을 만들지 못했다.

이민혁도 정신력으로 많이 뛰는 선수였지, 사실 체력이 좋은 선수는 아니었다.

80이 넘은 속도 능력치를 활용하기엔 그 역시 체력이 많이 떨어져 있었다.

결국, 양 팀 모두 골을 만들어 내지 못한 채 연장전 전후반이 모두 끝이 났다.

이제 남은 건 승부차기뿐.

강철중 감독은 선수들에게 자신감을 심어 주기 위해 바쁘게 떠들어 댔다.

"너희들의 경기력은 최고였다. 만약 승부차기에서 골을 넣지 못한다고 해도 난 너희를 원망하지 않을 거다. 그러니, 마음 편하게 차고 와."

그때였다.

강철중 감독이 이민혁을 향해 다가갔다.

"이민혁."

"예, 감독님."

"왜 나의 지시를 무시했나?"

서늘한 감독의 시선.

이민혁은 그런 감독의 눈을 정면으로 바라보며 대답했다.

"골을 넣을 자신이 있었습니다."

움찔!

강철중 감독의 눈이 흔들렸다.

'이 자식, 눈빛이… 어떻게 된 거야? 정말 내가 알던 이민혁이 아닌 것 같잖아?'

자신감에 찬 눈빛은 머저리에겐 안 어울리는 법이지만.

이상하게도 지금의 이민혁과는 너무나도 잘 어울렸다.

"…그러냐."

"예. 감독님 지시를 이행하지 못한 점은 죄송합니다."

이민혁이 고개를 숙이며 확신했다.

이제 감독의 입에서 불같은 쌍욕이 터져 나올 거라고.

네가 감히 나를 무시하냐? 병신같이 못하는 새끼 주제에? 당장 축구 때려치우고 싶냐? 같은 말이 쏟아져 나올 거라고.

절대로 과한 상상은 아니었다.

적어도 이민혁에게 강철중이라는 남자는… 그런 사람이었으니까.

그런데.

감독의 입에서 이민혁의 예상과는 전혀 다른 말이 흘러나왔다.

"그래서, 승부차기도 자신 있나?"

"예……?"

"승부차기, 성공시킬 자신 있냐고!"

이게 무슨 상황이지……?

이민혁이 벙찐 얼굴로 고개를 들었다.

그러자 강철중 감독의 진지한 눈이 보였다.

저건… 농담을 하는 눈빛이 아니었다. 진심이었다.

그리고 그 순간.

꿈틀!

이민혁의 입꼬리가 올라갔다.

동시에 감독을 보며 강한 어조로 대답했다.

"당연합니다."

휙!

대답을 들은 강철중 감독이 볼일을 다 봤다는 듯 몸을 돌렸다.

그리고.

이민혁은 감독이 몸을 돌리며 한 말을 똑똑히 들었다.

"알겠다. 네가 첫 순서로 나가라."

*　　　　*　　　　*

장현욱.

대한고등학교의 축구부 코치인 그는 현재 당황하고 있었다.

'감독님이 이민혁한테 첫 순서를 맡긴다고? 그것도 이렇게 중요한 경기에서?'

승부차기에서 첫 순서로 나서는 키커의 역할이 얼마나 중요한지 알고 있었으니까.

'도저히 이해가 안 되는데? 오늘 2골이나 넣고 어시스트까지 1개 기록한 건 분명 대단하지만, 그래도 승부차기는 다른

영역이잖아?'

첫 번째 키커가 승부차기를 성공시키냐, 실축하냐에 따라 팀의 분위기가 크게 좌지우지된다.

당연하게도 결과에 따라 그 뒤에 찰 선수들의 기세가 오를 수도, 떨어질 수도 있다.

더구나 이건 전국고교축구대회에서의 승부차기이지 않은가.

당장 패배하면 팀이 탈락하는 상황에서 팀에서 가장 신뢰도가 떨어지는 이민혁에게 첫 순서를 맡기다니.

"감독님, 어째서 민혁이를 첫 순서로 배치하신 겁니까?"

장현욱 코치는 결국 참지 못하고 질문했고, 강철중 감독은 인상을 찌푸렸다.

"나도 모르겠다."

"…예? 모르신다니, 그게 무슨……."

"장 코치, 네 생각이 어떤지 나도 알아. 이민혁을 제일 마지막에 세우는 게 옳다고 생각했겠지? 웬만하면 그 녀석한테 순서가 가지 않게끔 말이야. 원래라면 나도 그렇게 했을 거야. 근데 지금은 그냥… 저 자식이 뭔가 일을 낼 것 같더라고."

"정말 민혁이에게 맡겨도 될까요?"

"너도 경기 봤으니까 알 거 아니야. 어떻게 된 건진 모르겠지만, 이민혁 저 자식, 뭔가 달라졌어."

"하… 진짜 모르겠습니다."

"머리 아프니까 너무 어렵게 생각하지 말자. 왜, 축구를 하다 보면 그런 날이 있다잖아. 과학적으로 설명할 순 없지만 지닌 실력을 한참이나 뛰어넘을 수 있게 운이 미치도록 좋은 날. 그냥 오늘 이민혁이 그런 날이라고 생각하자."

"…알겠습니다."

강철중 감독과 장현욱 코치.

지금이 순간, 두 남자는 이민혁의 운이 끝나지 않기를 바랐다.

잠시 후.

두 남자의 바람이 통했던 걸까?

"좋았어! 민혁아!"

"그래! 이민혁 저 자식, 오늘 이상했다니까?"

승부차기 첫 순서로 나선 이민혁이 깔끔한 슈팅으로 골을 넣었고.

기세가 올라간 대한고등학교 선수들은 한 번의 실축 빼곤 승부차기를 전부 성공시키며 상대 팀을 무너뜨렸다.

우와아아아!

대한고등학교 선수들과 강철중 감독, 장현욱 코치는 서로를 얼싸안고 기뻐했다.

그런데 이때.

승리를 자축하던 대한고 사람들의 시선이 한쪽으로 향했다.

그곳엔 혼자서 허공을 바라보며 실실 웃고 있는 남자가 보였다.

"흐흐……"

이민혁은 이제 행복한 얼굴로 허공을 향해 손을 휘젓기까지 했다.

"저 자식, 뭘 보고 웃고 있는 거야?"

"왜 저래? 마임이라도 하는 건가?"

"장현욱 코치님, 이민혁 상태가 좀 이상해 보이는데요?"

"오늘 뭔가 달라 보이긴 했는데, 지금 보니까 확실히 이상해진 거 맞네."

이들은 황당한 감정을 드러냈다.

그러나 지금만큼은 차마 이민혁을 건들지 못했다.

머저리 이민혁, 그가 오늘의 승리에 가장 큰 공을 세운 남자였으니까.

*　　　　*　　　　*

대역전극을 거두며 승리한 지금.

팀은 기적적인 승리에 기뻐했지만.

이민혁은 눈앞에 떠오른 메시지를 보며 기뻐했다.

[퀘스트를 완료하셨습니다!]
[퀘스트 내용: 전국고교축구대회에서 승부차기를 성공시키세요.]
[보상으로 경험치가 증가합니다.]

[퀘스트를 완료하셨습니다!]
[퀘스트 내용: 전국고교축구대회에서 팀을 승리로 이끄세요.]
[보상으로 경험치가 대폭 증가합니다.]

[레벨이 올랐습니다!]

퀘스트 2개가 완료되며 레벨이 올랐다는 것.
이 사실은 이민혁을 웃게 하기에 충분했다.
게다가.

[이민혁]
레벨: 12
나이: 19세(만 17세)
키: 181㎝
몸무게: 72㎏
주발: 오른발
[체력 69], [슈팅 70], [태클 54], [민첩 62], [패스 58]
[탈압박 59], [드리블 58], [몸싸움 62], [헤딩 61], [속도 81]
스킬: [예리한 슈팅]
스탯 포인트: 2

"80 넘는 능력치가 하나 있으니까 느낌이 확 달라지네."
81이라는 속도 능력치는 이민혁을 더욱 기쁘게 만들었다.
동시에.
이민혁은 고민했다.
'다음 경기에 출전할 땐 어떤 능력을 올리는 게 가장 도움이
될까?'
스탯 포인트를 어떤 능력치에 사용할지를.

처음엔 속도 능력치를 올릴까도 했지만, 그러지 않기로 했다.

'어차피 체력이 떨어지면 속도를 다 내지도 못해.'

그때였다.

이민혁의 눈이 빛났다.

'어? 체력? 그래! 당장 다음 경기가 마지막이라면 모르겠지만, 만약에 승리한다면 더 뛰어야 할 경기가 많잖아?'

대한고등학교는 오늘 승리로 인해 전국고교축구대회 16강에 진출했다.

이젠 더 높은 곳을 바라봐야 했다.

언제고 정신력으로만 뛸 수는 없다. 이 방법은 분명 한계가 찾아올 것이다.

실제로 이민혁은 선발 출전이 아닌, 교체 출전이었음에도 연장전에 완전히 퍼져 버렸다.

늦게 들어온 만큼 훨씬 더 열심히 뛰었기 때문이긴 했지만.

이런 건 핑계가 되지 못한다. 변명에 불과했다.

더구나 지금 펼쳐지고 있는 건 빠듯한 스케줄로 유명한 전국고교축구대회이지 않은가.

체력이라는 건 적절한 휴식 없이 경기에 자주 나가면 떨어질 수밖에 없고, 체력이 떨어지면 그나마 가진 실력도 발휘하지 못하게 된다.

이민혁은 그렇게 되고 싶지 않았다.

'지금 대한고등학교의 분위기는 나쁘지 않아. 그러니 조금만 더 길게 바라보자.'

그래서 결정했다.

혹시나 올라갈 수도 있는 높은 곳을 바라보기로.

[스탯 포인트 2를 사용하셨습니다.]
[체력 능력치가 2 상승합니다.]
[현재 체력 능력치는 71입니다.]

스탯 포인트를 사용하기 직전, 그런 생각도 들었다.

체력 같은 능력치는 훈련으로도 올릴 수 있지 않을까?

죽어라 훈련하면 체력 능력치가 오르지 않을까?

하지만 이 생각을 확인해 볼 시간이 없었다.

다음 경기는 바로 이틀 뒤에 펼쳐지게 되고, 이틀 안에 체력을 끌어올릴 수 있는 훈련은 없다.

게다가 당장 다음 경기에서 지면 대회 탈락이었고, 이민혁에게 더 이상 남은 대회는 없게 된다. 기회도 없고 성장할 수 있는 무대도 없어진다.

그렇다고 겨우 한 경기 반짝했다고 스카우터들이 영입 제의를 할 리도 없고.

결국, 이민혁이 할 수 있는 건 능력치가 오른 체력을 이용해 죽기 살기로 뛰는 것.

오직 그것뿐이었다.

＊　　　　＊　　　　＊

16강에 오른 대한고등학교의 다음 상대는 갈운고등학교였다.

직전에 만났던 팀보다 오히려 약하다는 평가를 받는 팀이었기에 대한고등학교 선수들은 자신감을 드러냈다.

8강으로 향할 팀을 정하는 경기가 펼쳐지기 바로 전날.

대한고등학교는 컨디션 조절을 위해 가벼운 스트레칭과 조깅, 짧은 패스 훈련만 소화했다.

그리고 지금.

강철중 감독이 이민혁을 불렀다.

"이민혁."

"예, 감독님."

"내일은 선발이다. 자신 있냐?"

"자신 있습니다."

이민혁은 빠르게 대답했다.

자신이 없어도 있다고 해야 할 판이었다. 우선 경기에 나가야 경험치를 받고 레벨을 올릴 수 있지 않겠는가.

'다행히 어제 경기를 좋게 보신 모양이야.'

솔직히 운이 많이 따른 경기였다.

첫 번째 중거리 슈팅 골 같은 경우엔 단순히 슈팅 능력치를 올렸다고 가능했던 게 아니다.

발등에 제대로 임팩트가 걸렸기 때문에 나온 슈팅이었다.

두 번째 중거리 슈팅 골 역시 운 좋게 '예리한 슈팅' 스킬 효과가 발동됐기에 가능했던 골이다.

당장 내일 펼쳐질 16강전에선 운이 따르지 않을 수도 있다.

하지만.

이민혁의 얼굴에 걱정이란 감정은 존재하지 않았다.

'어차피 더 내려갈 곳도 없잖아?'

어차피 자신은 머저리라 불리던 밑바닥 선수였다.

지금의 이민혁에게 떨어질 곳은 보이지 않았다.

오로지 올라갈 곳만 환하게 보였다.

다음 날.

대한고등학교와 갈운고등학교의 경기가 펼쳐졌다.

대한고는 지난 경기에서 그랬듯 경기 초반부터 상대를 강하게 압박하는 전술을 들고나왔다.

오른쪽 윙어로 출전한 이민혁도 측면과 최전방을 오가며 상대의 움직임을 방해했다.

그리고.

이런 움직임을 펼치며 자신의 생각에 확신을 가질 수 있었다.

'역시 체력 능력치가 70이 넘어가니까 체감이 달라.'

체력 능력치가 69일 때와 71이 된 지금의 차이는 유독 크게 느껴졌다.

이걸로 60대와 70대 스탯의 차이는 생각보다 더 크다는 걸 알 수 있었다.

'우선 이번 대회에서 체력은 그만 올려도 되겠어.'

또한, 이민혁은 다른 한 가지 사실을 더 알게 됐다.

상대인 갈운고등학교의 왼쪽 풀백이 자신의 속도를 따라잡지 못한다는 걸.

"최준, 리턴!"

대한고 공격수 최준에게 패스한 이민혁이 크게 소리치며 그대로 오른쪽 측면으로 달렸다. 전속력으로 달리자 뒤를 쫓던 갈운고의 왼쪽 풀백과의 거리가 순식간에 멀어졌다.

최준은 이번에는 망설이지 않았다.

지난 경기에서 이민혁이 뭔가 달라졌다는 걸 느꼈고, 지금도 그 사실을 인지하고 있었기에 곧바로 패스를 보냈다.

축구 재능이 뛰어난 최준이었기에 그의 발끝을 떠난 공은 이민혁이 원하는 공간으로 정확하게 들어왔다.

툭!

이민혁이 공을 향해 발을 뻗었다.

터치는 좋지 않았다. 다년간 연습을 하며 나아지긴 했지만, 여전히 평균 수준에도 못 미치는 볼트래핑이었다.

그러나 이민혁의 공을 가로챌 선수는 근처에 없었다. 그나마 가까운 곳에 있던 갈운고 중앙수비수는 최준을 막고 있었으니까.

여기서 이민혁은 크로스를 선택하지 않았다.

욕심을 부린 건 아니었다. 단지 스스로의 크로스 능력을 잘 알고 있을 뿐이었다.

'여기서 올리면 무조건 똥 볼이 나가겠지.'

좋은 기회를 똥 크로스로 날릴 순 없었다. 그래서 이민혁은 한 번 더 공을 치고 나갔다.

투욱! 타닷!

'지금 내 실력으로 정확한 패스를 하려면 최대한 가까이 가야 해.'

지금 이 순간, 이민혁의 목적은 하나였다.

최대한 상대 골대 가까이 파고들어 동료들에게 골 기회를 만들어 주는 것.

목적은 성공에 가까워졌다.

이민혁은 페널티박스 라인을 넘어 안으로 파고들었다. 최준을 막던 수비수가 다급하게 몸을 틀어 이민혁에게 달려왔다. 지금이 타이밍이었다.

그런데.

삐끗!

"억?"

이민혁의 몸이 휘청거렸다.

패스하기 위해 땅을 짚은 디딤 발이 미끄러진 것이다.

'하필이면 이 타이밍에 미끄러지냐!'

당황한 이민혁은 최준에게 패스하려던 목적을 포기했다.

'너무 늦었어.'

지금은 공을 보내기엔 너무 늦어 버렸다. 이젠 혼자 해결해야만 한다.

이민혁은 앞에 선 수비수를 바라봤다.

긴장감이 고조되며 식은땀이 흘렀다.

휘익!

이민혁은 왼쪽으로 파고들 것처럼 상체를 살짝 숙였다. 그 움직임에 수비수가 반응했다. 이민혁이 들어오는 걸 막기 위해 몸을 움직였다.

그렇게 생긴 작은 틈.

여기서 이민혁은 재빨리 오른쪽으로 공을 차며 몸을 틀었다.

동시에.

있는 힘껏 오른발 슈팅을 때렸다.

'제발……!'

각이 별로 없는 상황에서 때려 낸 슈팅.

어쩔 수 없이 때린 것이고 골이 될 거란 확신은 전혀 없었다.

그러나 생각보다 제대로 걸렸다는 느낌이 들었다.

퍼어엉—

슈팅을 때린 이민혁은 공의 움직임을 놓치지 않고 끝까지 바라봤다.

골키퍼가 날아오는 공을 향해 손을 쭈욱 뻗었다. 공은 당장에라도 막힐 것처럼 보였다. 하지만 골키퍼의 반응이 조금 느렸던 것이었을까? 공은 골키퍼의 손끝에 스쳤지만, 힘을 잃지 않고 그대로 골대 안으로 파고들었다.

측면에서부터 페널티박스까지 직접 파고들어서 만들어 낸 골.

그 골을 만들어 낸 순간, 이민혁의 눈앞엔 반가운 메시지가 떠올랐다.

[퀘스트를 완료하셨습니다!]

[퀘스트 내용: 선제골을 기록해 팀의 사기를 끌어올리세요.]

[보상으로 경험치가 대폭 증가합니다.]

[레벨이 올랐습니다!]

레벨업을 했다는 메시지였다.
'이번엔 속도에 투자해야겠어.'
이민혁이 기쁜 마음을 안고 스탯 포인트를 사용하려 할 때.
"……!"
예상 못 한 메시지 하나가 더 떠올랐다.

Chapter. 2

강철중 감독은 긴장된 표정으로 이제 막 경기가 시작된 경기장을 바라봤다.

'내 선택이 틀리지 않아야 할 텐데……'

그는 이번 경기에서 이민혁을 선발 출전시켰다.

이건 그에게 있어선 도박이었다.

지난 경기에서 2골 1어시스트를 기록하며 팀의 역전승에 큰 활약을 한 건 인정한다.

그러나 그 전까지만 해도 팀에서 가장 못하던 선수였지 않은가.

감독으로서 오직 한 경기만 잘한 선수를 선발로 쓰는 건 불안요소가 너무 많았다.

그래서일까?

'평범하게만 해 주라. 평범하게만. 저번처럼 운 좋게 한 골 넣어 주면 더 좋고.'

강철중 감독은 이민혁에게 많은 걸 바라지 않았다.

그저 평범하게만, 큰 실수 없이 팀에 조금이나마 도움이 되기만을 바랄 뿐이었다.

그런데.

경기 초반, 이민혁의 움직임을 본 강철중 감독의 눈이 커졌다.

"장 코치!"

"예, 감독님."

"이민혁 쟤가 원래 저렇게 빨랐나?"

"스피드가 괜찮은 편이긴 했습니다만… 오늘은 평소보다 더 빨라 보이는데요?"

"장 코치, 지금 네가 말하고도 뭔가 이상하지 않아? 축구선수가 평소보다 갑자기 빨라지는 게 가능해?"

"…감독님 말씀 듣고 보니까 이상하긴 하네요."

장현욱 코치가 어리둥절한 얼굴로 이민혁을 바라봤다.

'확실히… 이상해.'

머저리라 불리던 이민혁이 골을 넣고 어시스트를 기록하는 것으로도 모자라, 이젠 속도까지 빨라졌다니.

저번 경기부터 이해할 수 없는 일들의 연속이었다.

그때였다.

강철중 감독이 씨익 웃으며 장현욱 코치의 어깨를 툭 쳤다.

"아무래도 내 촉이 맞을 것 같다. 내가 뭐랬어? 쟤 뭔가 달라졌다고 했잖아."

잠깐이지만 장현욱 코치의 얼굴에 황당한 감정이 스쳤다.

'헐… 분명 조금 전까지 불안해하던 양반이 갑자기? 하여간 태세 전환 능력은 타의 추종을 불허하신다니까.'

하지만, 얼굴에 드러난 감정은 빠르게 사라졌고.

장현욱 코치는 간신히 입꼬리를 올리며 대답했다.

"…역시 감독님이십니다."

"크흐흐! 장 코치, 비행기 좀 그만 태워."

'또 언제 화를 내시려나? 태세 전환 좀 그만하셨으면 좋겠네.'

장현욱 코치는 감독의 태세 전환이 더는 일어나지 않기를 바라며 경기장을 바라봤다.

그러나, 그의 바람은 이뤄지지 않았다.

잠시 뒤, 이민혁이 빠른 스피드를 이용한 침투 이후, 최준에게 패스하려다 미끄러졌을 때.

"저 자식, 저거! 내 저럴 줄 알았다! 이 자식이 거기서 왜 삽질을 하고 지랄이야? 지랄이! 이런 쌍! 역시 이민혁이를 선발로 쓰는 게 아니었어!"

강철중 감독은 언제 웃었냐는 듯 거칠게 분노를 표출했고.

이어서 중심을 잡은 이민혁이 수비수와의 일대일 상황에서 슈팅을 가져가며 골을 터뜨렸을 땐.

"으하하핫! 거 보라니까? 이게 바로 명장의 선수 기용이야!"

언제 분노했냐는 듯 싱글벙글 웃으며 큰소리를 뻥뻥 쳐 댔다.

'에휴……!'

장현욱 코치는 작게 한숨을 내쉬었다.

자주 겪는 일이었지만, 저 양반은… 적응이 되질 않았다.

같은 시각.
골을 넣은 이민혁은 허공에 뜬 메시지를 바라봤다.

[퀘스트를 완료하셨습니다!]
[퀘스트 내용: 선제골을 기록해 팀의 사기를 끌어올리세요.]
[보상으로 경험치가 대폭 증가합니다.]

[레벨이 올랐습니다!]

선제골을 기록한 것에 대한 보상으로 레벨이 오른 것.
이 사실은 이민혁을 기쁘게 만들었다.
그런데 이때.
예상치 못한 메시지 하나가 더 떠올랐다.

[퀘스트를 완료하셨습니다!]
[퀘스트 내용: 전반전 내에 골을 기록하세요.]
[보상으로 경험치가 대폭 증가합니다.]

[레벨이 올랐습니다!]

"……!"
전반전 내에 골을 기록하라는 퀘스트가 있었다니!
이건 이민혁의 예상에 없던 상황이었다.

그래서 놀랄 수밖에 없었고.

'미쳤다……!'

더 기분이 좋을 수밖에 없었다.

하지만 좋아하는 것도 잠시, 이민혁은 이내 요동치는 마음을 진정시켰다.

'흥분하지 말자. 경기는 아직 초반이고, 언제 어떤 일이 일어날지 몰라.'

지금은 침착하게 경기에 집중해야 했다.

축구는 겉으로는 몸으로만 하는 스포츠처럼 보이지만, 그 속을 들여다보면 사실은 멘탈도 굉장히 중요하다.

아무리 강한 팀이어도 선수들의 멘탈이 무너지면 약팀에게도 패배하는 스포츠가 바로 축구였다.

'침착하게 방금까지 하던 대로 하자.'

이민혁의 눈빛이 날카롭게 변했다.

레벨이 오르기 전, 경기에 오롯이 집중했을 때의 표정이었다.

이제 다시 미친 듯 뛸 시간이었다.

그 전에.

'근데 스탯 포인트 어떻게 분배하지?'

능력치는 올려야 했다.

이민혁은 허공에 떠 있는 상태 창을 바라보며 생각했다.

[이민혁]

레벨: 14

나이: 19세(만 17세)

키: 181㎝

몸무게: 72㎏

주발: 오른발

[체력 71], [슈팅 70], [태클 54], [민첩 62], [패스 58]

[탈압박 59], [드리블 58], [몸싸움 62], [헤딩 61], [속도 81]

스킬: [예리한 슈팅]

스탯 포인트: 4

'원래는 속도에 스탯 포인트 2개를 다 투자하려고 했는데… 이 젠 스탯 포인트가 4개가 됐으니 분배를 해 줘도 되겠어.'

레벨이 2개 오르며 보유하게 된 4개의 스탯 포인트를 어떻게 사용할지를.

'속도, 그리고 슈팅을 올리는 게 좋겠어.'

자신의 플레이를 되돌아봤을 때, 가장 효율적인 능력은 여전 히 슈팅과 속도라고 느껴졌다.

그런데 이때.

이민혁의 머릿속에 한 가지 장면이 스쳐 지나갔다.

페널티박스 앞에서 최준에게 패스하기 직전에 미끄러졌던 장 면이었다.

'만약 볼 컨트롤 능력이 좋았어도 미끄러졌을까?'

스스로 질문을 던진 이민혁이 고개를 저었다.

'아니, 분명 미끄러지지 않았을 거야. 그리고 거기서 미끄러지 지 않았다면 결과적으로 골을 넣진 못했겠지만, 그래도 불안한 장면을 만들진 않았겠지.'

결정을 내리는 데엔 오랜 시간이 걸리지 않았다.

만약 스탯 포인트가 2개였다면, 처음 생각처럼 속도에 투자했을 것이다.

지난 경기에 이어 이번 경기도 확실히 속도가 오른 효과를 보고 있었으니까.

그러나 스탯 포인트가 4개인 지금은 속도가 아닌 다른 능력치도 함께 올렸다.

[스탯 포인트 2를 사용하셨습니다.]
[속도 능력치가 2 상승합니다.]
[현재 속도 능력치는 83입니다.]

이민혁은 먼저 속도에 스탯 포인트 2개를 투자했고.

[스탯 포인트 2를 사용하셨습니다.]
[드리블 능력치가 2 상승합니다.]
[현재 드리블 능력치는 60입니다.]

남은 2개의 스탯 포인트를 슈팅이 아닌, 드리블에 투자했다.

슈팅이 아닌 드리블에 투자한 데엔 확실한 이유가 있었다.

69였던 체력의 앞 자릿수가 7이 되면서 체감이 달라졌던 것처럼, 58인 드리블도 앞 자릿수가 6으로 바뀌면 조금이나마 달라질 거라는 계산이 섰고.

'작은 부분이 큰 결과를 만들어 내기도 하니까.'

그 조금의 변화가 중요한 순간에서 큰 힘을 발휘할 거라는 생각 때문이었다.

그리고.

이민혁의 계산이 틀리지 않았다는 건 전반전이 끝나기도 전에 드러났다.

*　　　　*　　　　*

"오른쪽으로 줘!"

"여기! 여기로!"

선제골을 허용한 갈운고등학교는 적극적으로 공격을 시도했다.

동료들끼리의 활발한 의사소통은 기본이었고, 쉼 없이 뛰어다니며 기회를 노렸다.

강팀이라는 평가를 받진 않지만, 갈운고등학교 역시 16강에 올라온 팀.

상대를 무너뜨릴 방법을 아는 팀이었다.

이들은 전체적인 라인을 끌어올리며 위협적으로 패스를 돌렸다.

이런 갈운고의 움직임은 효과적이었다.

기세가 좋던 대한고등학교를 위축되게 만들고, 실수를 유발하게 했으니까.

"서정민! 정신 차리고 바로 복귀해!"

대한고의 주장이자 중앙수비수인 문상진이 고함을 쳤다.

대한고 왼쪽 풀백인 서정민이 패스를 받는 과정에서 상대 윙어에게 공을 뺏겼기 때문.

단숨에 위기를 맞은 상황이었고, 문상진은 상대 윙어와 공격수 사이에서 아슬아슬한 줄타기를 했다.

윙어한테 붙으면 공격수한테 공이 갈 것이고, 공격수한테 붙으면 윙어가 자유롭게 날뛰게 되는 상황.

그러나 문상진은 괜히 팀의 주장이자 주전 수비수가 아니었다.

그는 긴장감이 치솟는 상태에서도 침착하게 심리전을 펼치며 갈운고 윙어의 침투를 저지했다.

결국, 심리전에서 밀린 갈운고의 윙어는 크로스를 선택했고.

터엉!

문상진이 머리를 이용해 공을 강하게 걷어 내는 것에 성공했다.

아수라장이었던 페널티박스 안을 벗어난 공은 한 남자에게로 향했다.

투욱! 터엉!

공을 잡은 남자, 이민혁이 최준에게 공을 보낸 후 그대로 몸을 돌려 상대 진영을 향해 달려 나갔다.

스피드를 이용한 역습을 노린 것이었고, 최준은 그런 이민혁의 의도를 단숨에 이해했다.

'그 기가 막히는 운빨 한 번 더 보여 주시죠, 이민혁 선배.'

퍼어엉!

최준이 차 낸 공이 측면으로 달리는 이민혁을 향해 날아갔다.

'집중하자.'

긴장되는 순간이었다.

상대 수비수들은 라인을 올리느라 높이 올라가 있었고, 이민혁은 그들의 오프사이드트랩을 뚫고 침투하는 것에 성공했다.

분명 여기서 공을 받아 내기만 하면 골 기회를 만들 수 있다.

그러나 쉬운 일은 아니었다.

날아오는 공의 속도가 생각보다 더 빨랐으니까.

'무조건 받아야 해!'

이민혁이 달리던 움직임 그대로 자세를 살짝 낮췄다.

실력과 재능 없이 축구를 해 왔지만, 연습과 노력만큼은 남들에게 밀린 적이 없다고 자부했다.

이 역시 수없이 연습했던 상황 중 하나였다. 실전만 되면 바보가 되는 그였지만, 이제는 그러고 싶지 않았다. 어떻게든 공을 받아 낼 것이다.

투웅! 이민혁이 날아오는 공을 가슴으로 떨어뜨렸다.

트래핑은 여전히 투박했다. 근처에 수비수가 있었으면 바로 공을 뺏겼을 정도로.

다행히 단독으로 침투한 상황이었기에 다시 공을 소유할 수 있었다. 하지만 부족한 트래핑 실력 때문에 시간이 끌렸고, 어느새 상대 풀백이 이민혁의 뒤에 달라붙었다.

퍼억! 상대 풀백은 이민혁에게 강하게 부딪치는 것으로도 모자라 옷과 팔을 잡아챘다.

경고를 받더라도 어떻게든 역습을 끊어 내겠다는 의지가 담긴 행동이었다.

휘청!

이민혁의 몸이 크게 흔들렸다. 이전의 그였다면 넘어졌을 상황.

최소한 드리블을 이어 가진 못했을 상황이었다. 하지만 넘어지지 않았다. 공을 놓치지도 않았다. 아슬아슬하게 중심을 유지하며 공을 컨트롤해 냈다.

그 순간 이민혁은 본능적으로 느낄 수 있었다.

드리블 능력치를 올린 효과 때문이라는 것을.

'좀… 놔라!'

파앗!

이민혁은 마침내 상대의 팔을 강하게 뿌리쳐 냈다. 방해가 없어지자 상대 수비수와의 거리는 빠르게 벌어졌다.

이제 정면에 보이는 건 오로지 골대와 골키퍼뿐.

이민혁은 그곳을 향해 슈팅을 때렸다.

퍼어엉!

발등으로 공을 차 낸 순간, 강력한 타격음이 터졌고.

그와 동시에 메시지가 떠올랐다.

[20% 확률로 '예리한 슈팅' 스킬 효과가 발동됩니다!]
[슈팅의 정확도가 대폭 상승합니다.]

골대 구석을 바라보고 때린 슈팅이었고.

공은 이민혁이 의도한 곳으로 큰 오차 없이 날아갔다.

철렁—

갈운고등학교의 골 망이 흔들렸고.

우어어어!

커다란 함성이 터져 나왔다.
전반전에 2골을 넣은 남자에게서 나온 함성이었다.
그리고 그 순간.
포효하는 이민혁의 눈앞에 메시지가 주르륵 떠올랐다.
"내가 전반전에 두 골이나 넣다니!"
연습경기도 아닌 대회에서 전반전에만 2골을 넣었다는 것.
이 사실이 이민혁의 심장을 뛰게 했다.
더구나 첫 선발 출전에서 만들어 낸 골들이었기에 더 의미가
있었다.
기쁜 마음을 숨기지 않고 뜨겁게 포효하던 이민혁.
그의 눈앞에 메시지가 주르륵 떠올랐다.

[퀘스트를 완료하셨습니다!]
[퀘스트 내용: 전국고교축구대회 16강전에서 2개의 공격포인트를
기록하세요.]
[보상으로 경험치가 대폭 증가합니다.]

[퀘스트를 완료하셨습니다!]
[퀘스트 내용: 상대의 반칙을 이겨 내고 골을 만들어 내세요.]
[보상으로 경험치가 대폭 증가합니다.]

경험치가 증가했다는 메시지가 떠오른 건 분명 기쁜 일이었다.

다만 아쉬운 점도 있었다.

[레벨이 올랐습니다!]

단 한 개의 레벨이 올랐다는 것이다.

'점점 필요한 경험치가 많아지는구나.'

레벨이 높아질수록 다음 단계로 가려면 더 많은 경험치가 필요하다는 것.

어찌 보면 당연한 일이었다.

그래도 아쉬움이 남는 건 어쩔 수 없다.

스탯 포인트 2개와 4개의 차이는 꽤 큰 차이였으니까.

[스탯 포인트 2를 사용하셨습니다.]
[속도 능력치가 2 상승합니다.]
[현재 속도 능력치는 85입니다.]

"확인 좀 해 보자."

이민혁은 짧은 거리를 뛰어다니며 달라진 속도를 느꼈다. 큰 차이는 아니지만, 분명히 빨라진 게 느껴졌다.

동시에 생각했다.

"일단 이 정도 속도면 충분하겠어."

우선 속도는 더 올리지 않아도 되겠다고.

물론 '차후에 스탯 포인트가 많아지면 더 올릴 생각이었지만, 당장 이번 대회에서는 지금 속도로도 충분하다고 느껴졌다.

그래서.

이제부터 얻게 될 스탯 포인트들은 빠른 속도를 더 효율적으로 사용할 수 있는 능력치에 투자할 생각이었다.

생각은 여기까지였다.

휘슬을 입에 가져가는 심판의 모습이 보였고.

'집중하자.'

이민혁은 다시 집중력을 끌어올렸다.

경기가 재개됐다.

                    *   *   *

전반전에만 2골을 허용한다면?

힘이 빠질 수밖에 없다.

지금 갈운고등학교의 모습이 그랬다.

2 대 0 스코어가 된 지금, 이들은 의욕이 떨어진 모습을 보였다.

반면 대한고등학교는?

너도나도 골을 넣고 도움을 기록하려고 날뛰었다.

이들에게 승리에 대한 걱정은 사라졌다. 이젠 조금이라도 더 스카우터들의 눈에 띄기 위해 실력을 뽐냈다.

만약 전반전 시간이 많이 남았다면 분명 골을 넣었을 정도로 좋은 기세였다.

그러나 이들이 골을 넣기 전, 전반전이 끝났다.

삐익!

그리고 후반전이 시작됐을 땐.

갈운고등학교의 분위기가 변했다.

벼랑 끝에 몰린 팀이 죽을힘을 다해 뛰기 시작하자, 경기력도 달라졌다.

"더 뛰어! 더! 이거 지면 탈락이야!"

"일단 한 골만 넣자! 그럼 따라갈 수 있어!"

"할 수 있어! 전반전에 당했던 걸 갚아 주자고!"

눈을 부릅뜨고 고함을 치며 뛰어다니는 갈운고등학교의 기세는 대단했다. 그 기세 좋던 대한고등학교가 위축될 정도로.

기세에서 밀린 대한고등학교는 단숨에 위기를 맞았다.

골키퍼의 기막힌 선방이 없었으면 골을 허용했을 정도의 위기였다.

"다들 뭐 하는 거야? 정신 안 차려, 이 새끼들아?"

강철중 감독이 목에 핏대를 세우고 소리를 질러 댔다.

하지만, 경기장 밖에서 떠들어 대는 것 정도로는 분위기가 바뀌지 않았다.

대한고등학교는 후반전 15분이 될 때까지 계속해서 밀렸고, 결국 코너킥에서 골을 허용하고 말았다.

"됐어! 이대로 동점까지 가자!"

"대한고 애들 지금 맛 갔어! 바로 한 골 더 가자!"

한 골을 넣은 이후, 갈운고등학교의 기세는 더욱 강해졌다.

반대로 실점을 한 대한고등학교는 더욱 위축됐다.

후반 20분, 대한고등학교가 또다시 위기를 맞았다.

갈운고등학교 미드필더의 패스가 대한고등학교의 수비진을 뚫고 공격수한테까지 연결됐다.

"막아! 끊어 내!"

"슈팅 못 하게 막으라고!"

"페널티킥 조심해!"

대한고등학교 선수들이 필사적으로 막아 보려 했지만.

그것보다 갈운고등학교의 공격수가 슈팅을 때리는 타이밍이 더 빨랐다.

퍼엉!

영락없이 골이 될 것 같은 상황. 이때, 대한고등학교를 위기에서 구해 낸 건 골키퍼였다.

대한고등학교의 골키퍼 이자룡, 그의 슈퍼세이브가 터졌다.

하지만 그가 쳐 낸 공은 여전히 멀리 뻗어 나가지 못하고 페널티박스 근처에 떨어졌다. 떨어진 공을 잡기 위해 양 팀 선수 모두 필사적으로 달려들었다.

이 순간 가장 중요한 건 공과 가까운 위치였다. 가장 가까이에 있는 선수는 두 선수였다.

갈운고의 공격수 이기찬과 대한고의 수비수 문상진. 두 선수는 거칠게 몸싸움을 하며 경합했다. 짧은 시간 동안 펼쳐진 경합에서 승리한 선수는 문상진이었다.

"다들 뛰어!"

문상진은 커다란 목소리로 동료들에게 소리쳤다.

지금 이 상황은 살려야만 하는 역습 기회였다.

시야가 좋은 그였기에 전방으로 달려 나가는 동료 몇 명이 보였다.

'최준, 김철수, 이민혁, 우정호.'

공격수 두 명과 윙어 두 명.

이때, 패스를 줄 1순위 선수는 당연히 가장 빠른 선수였다. 그래서 문상진의 머릿속엔 '우정호'라는 이름이 떠올랐다.

그럴 수밖에 없었다.

대한고등학교 내에서 속도로만 보면 3학년 우정호가 최고였으니까.

우정호가 대한고등학교에서 가장 빠르다는 것. 이건 대한고등학교 안에선 상식과도 같았다.

그런데, 상식 밖의 일이 일어났다.

'뭐야?! 이민혁이 더 빠르잖아?'

지금 이 순간, 문상진의 눈에 보이는 이민혁은 우정호보다도 더 빠르게 질주하고 있었다.

'이민혁의 속도가 저 정도였다고?'

물론 문상진은 이민혁의 속도가 빠르다는 건 알고 있었다.

하지만 그가 아는 이민혁의 속도는 절대 우정호에 비빌 수는 없는 수준이었다.

'미친!'

충격적인 장면에 너무 놀랐기 때문일까?

문상진은 원래 의도했던 것과는 달리, 이민혁을 향해 롱패스를 뿌려 버렸다.

투웅!

이민혁이 공을 받아 냈다.

패스가 워낙 좋았기에 발의 안쪽을 이용해 어렵지 않게 받을 수 있었다.

타다닷!

이민혁이 공을 받느라 줄어든 속도를 다시 높였다. 땅을 박차고 뛰며 동료들의 움직임을 바라봤다.

그때였다.

상대 중앙수비수가 이민혁을 향해 달려왔다. 표정을 보니 '나 태클할 거야!'라고 말하는 것만 같았다.

'감정 표현이 솔직한 친구네.'

대놓고 태클이 들어올 것 같은 선수에게 정면 돌파를 하는 건 위험한 일이다. 드리블 능력이 뛰어나면 할 수도 있겠지만, 적어도 이민혁은 할 수 없는 일이었다.

그래서.

이민혁은 가장 가까운 곳에서 달리는 동료에게 공을 넘겼다.

투욱!

공을 받은 선수는 대한고등학교의 공격수 최준.

이민혁과는 최근에 가장 좋은 호흡을 보여 주고 있는 선수였다.

투욱! 휘익!

최준의 움직임은 현란했다. 이민혁의 공을 받은 그는 달려드는 수비수를 몸을 회전하며 제쳐 냈다. 그걸로 모자라 앞에서 침투하는 3학년 공격수 김철수에게 킬패스를 찔러 주기까지 했다.

"쭌, 나이스 패스!"

크게 소리친 김철수는 굴러오는 공의 타이밍에 맞춰 다리를 휘둘렀다. 공격수라면 넣어 줘야 하는 완벽한 기회였다.

그러나 김철수의 슈팅은 하필이면 골키퍼 정면으로 향했고, 이건 골키퍼가 충분히 쳐 낼 수 있는 수준의 슈팅이었다. 퍼엉!

갈운고 골키퍼의 펀칭은 강했다. 대각선 측면을 향해 강하게 날아갈 정도로.

쉬이익!

날아간 공은 대한고의 왼쪽 윙어 우정호에게로 향했다.

툭! 안정적으로 공을 잡은 우정호가 공을 툭툭 치며 동료들의 움직임을 살폈다. 딱히 줄 곳이 안 보였다. 그렇다고 크로스를 올리자니 상대 수비가 너무 많았다.

돌파도 배제했다. 이미 상대 풀백에게 두 번의 돌파 시도가 모두 막히며 자신감이 떨어진 상태였으니까.

우정호는 어쩔 수 없이 뒤에 있는 서정민에게 공을 돌렸다.

투욱! 공을 받은 서정민은 반대편 측면으로 공을 돌렸다. 그쪽에 있는 선수가 이민혁이라는 걸 알았기에 좀 찝찝했지만, 그래도 패스하기로 했다.

최근 보여 준 모습이 괜찮았고, 운인지 실력인지는 모르겠지만 오늘도 벌써 2골을 넣지 않았던가.

'혹시 모르잖아? 또 좋은 기회를 만들지.'

이전까지는 없던, 조금의 기대감.

그건 서정민에게만 해당하는 게 아니었다.

이민혁이 공을 잡은 순간, 대한고등학교 선수들 모두 자신들도 모르는 사이에 기대했다.

'슈팅이 생각보다 좋던데?'

'속도가 이상할 정도로 빨라 보였어.'

'이민혁답지 않게 중거리 슈팅이 장난 아니었지?'

이민혁이 무언가를 보여 줄 수도 있겠다고.

중거리 슈팅이나, 빠른 스피드를 이용해 기회를 만들 수도 있겠다고.

그리고 지금.

이민혁은 팀 동료들의 기대를 저버리지 않았다.

타다닷!

흔히 치달이라 불리는, 공을 멀리 차 내고 빠르게 달리는 움직임.

이민혁은 그 움직임만으로 갈운고의 풀백을 제쳐 냈다. 측면을 파고든 것으로도 모자라 페널티박스 쪽으로 방향을 틀었다. 그러자 중앙수비수 하나가 달려왔다.

더 이상의 침투를 허용하지 않으려는 움직임으로 보였다.

스윽!

이민혁이 동료들의 움직임을 바라봤다.

페널티박스 안엔 동료 공격수 최준과 김철수가 침투하고 있었다.

앞을 가로막은 수비수는 이민혁의 시선에 신경을 썼다. 패스가 연결되면 바로 골 기회를 내준다는 걸 알기에, 패스의 길을 막으려 필사적으로 자세를 낮췄다.

'절대 패스하게 놔두면 안 돼!'

잔뜩 긴장한 수비수의 움직임은 이민혁의 긴장감을 풀어 줬다.

여기서 이민혁은 큰 소리로 소리쳤다.

"최준!"

동시에 패스할 것처럼 왼발을 휘둘렀다.

그러자 앞에 서 있던 수비수가 다급히 발을 뻗었다.

휘익!

하지만 이건 이민혁의 속임수였다.

타앗!

이민혁은 패스하지 않고, 휘두른 왼발로 공을 오른쪽으로 끌었다.

흔히 접기라고 불리기도 하는 기술이었다. 움직임은 둔탁했지만, 워낙 타이밍이 좋아 수비수를 속이기엔 충분했다.

"으헉!"

수비수의 발이 허공에 휘저어졌고.

이민혁의 눈앞엔 슈팅 각이 보였다. 넓지는 않지만, 분명히 보이는 슈팅 각. 이 정도면 충분히 노려볼 수 있는 각이었다.

더 이상의 생각은 필요하지 않았다.

자신감이 많이 올라온 이민혁이기에 곧바로 오른발 슈팅을 때려 냈다.

퍼어엉!

페널티박스 라인 바로 안쪽, 대각선에서 때려 낸 슈팅.

워낙 강하게 때려 냈고 거리가 가까웠다. 프로라면 모를까 고등학교 수준 골키퍼에겐 막기 어려운 슈팅이었다. 더구나 반박자 빠르게 때려 낸 슈팅이라면?

제대로 반응하기도 어려웠다.

"우어! 이민혁 저 미친놈! 왜 저래?"

"이게 뭔 일이냐? 이민혁 약 빤 거 아니야?"

"이민혁 선배가 저런 플레이도 할 수 있었어? 이건 좀 소름인데……?"

"저 자식… 지금 몇 골째야?"

대한고등학교 선수들은 이민혁의 골에 놀라움을 드러냈다.

어지간하면 운으로 치부하겠지만, 이쯤 되니 소름이 돋기 시작했다.

이민혁이 오늘 넣은 골은 무려 3골이었다.

전문용어로 해트트릭이라 불리는 기록.

"…각성이라도 한 건가?"

"저게 어떻게 머저리라고 불리던 녀석이지?"

"이민혁이 아닌 것 같잖아……?"

대한고등학교 선수들은 알고 있었다.

이민혁이 오늘 보여 준 것들은… 순전히 운이 따랐다고 보기엔 힘든 일이라는 것을.

그리고 지금.

3개의 골을 기록한 이민혁의 눈앞엔 메시지가 떠올랐다.

무려 3개의 메시지였다.

*　　　　*　　　　*

해트트릭은 한 경기에서 선수 한 명이 3개의 골을 넣는 걸 말한다.

당연하게도 이민혁과는 거리가 먼 단어였다.

3골은커녕 1골도 넣기 어려운 선수가 바로 그였으니까.

그런데.

이제는 달랐다.

지난 경기에선 2골을 넣었고, 오늘은 3골을 넣었다.

더불어 경기에 출전할 때마다 레벨이 오르고 실력이 좋아지고 있다.

이토록 비현실적이 상황은 이민혁에게 두려움을 안겨 줬다.

'너무 재밌어서 미쳐 버릴 것 같잖아?'

축구가 훨씬 더 재밌어졌다는 것과 정말 축구에 미쳐 버릴 것 같다는 두려움.

'그래, 한번 제대로 미쳐 보자.'

너무나도 즐거운 두려움이기도 했다.

그리고 지금.

"······!"

이민혁의 눈앞에 메시지들이 떠올랐다.

3개나 되는 메시지였다.

[퀘스트를 완료하셨습니다!]
[퀘스트 내용: 전국고교축구대회 16강전에서 3개의 공격포인트를 기록하세요.]
[보상으로 경험치가 대폭 증가합니다.]

[퀘스트를 완료하셨습니다!]
[퀘스트 내용: 추가골을 넣어 상대의 높아진 기세를 꺾으세요.]
[보상으로 경험치가 대폭 증가합니다.]

[퀘스트를 완료하셨습니다!]
[퀘스트 내용: 전국고교축구대회 16강전에서 해트트릭을 기록하세요.]
[보상으로 경험치가 대폭 증가합니다.]

경험치가 대폭 증가했다는 3개의 메시지.
이어서 레벨업을 했다는 메시지가 떠올랐고, 그걸 본 이민혁의 눈이 커졌다.

[레벨이 올랐습니다!]
[레벨이 올랐습니다!]

"뭐야? 레벨 2개가 오른다고?"

두 개의 레벨이 오를 거라곤 생각하지 못했기에 나온 반응이었다.

'이렇게도 될 수 있구나.'

이걸로 알 수 있었다.

'퀘스트마다 경험치가 증가하는 양이 다 다른 거였어.'

똑같이 경험치가 '대폭' 증가한다고 쓰여 있어도, 실제론 퀘스트의 수준에 따라 지급되는 경험치가 다르다는 것을.

그리고.

레벨업을 원하는 이민혁에겐 개꿀인 상황이 벌어졌다는 것을.

[스탯 포인트 4를 사용하셨습니다.]
[드리블 능력치가 4 상승합니다.]
[현재 드리블 능력치는 64입니다.]

"개꿀이네."

＊　　　　　＊　　　　　＊

이민혁의 해트트릭은 갈운고등학교의 추격 의지를 꺾어 놨다.

갈운고등학교는 남은 시간 동안 골을 만들어 보려고 했지만, 힘없는 몸부림일 뿐이었다.

삐이익!

추가골 없이 경기 종료를 알리는 주심의 휘슬 소리가 울렸고.

"으헉! 이겼드아아아!"

"와나, 죽을 거 같아."

"나! 아니, 여기! 나 다리에 쥐 났어!"

모든 걸 쏟아 낸 선수들이 바닥에 드러누웠다.

대한고등학교 선수들은 너무 힘든 나머지 누워서 기쁨을 나눴다.

지난 경기를 치르고 며칠 만에 다시 경기를 치른 건 역시나 체력적으로 너무 힘들었다.

'힘들다.'

이민혁 역시 바닥에 드러누워 거친 숨을 몰아쉬었다.

대회에 선발로 나가서 뛰는 건 처음이었다. 이건 정말 죽을 만큼 힘들었다. 연습과는 체력 소모의 수준이 달랐다.

경기 중 심장이 몇 번이고 입 밖으로 튀어나올 것 같은 느낌을 받았고, 두 번 정도 구토가 쏠렸다.

매번 풀타임을 소화하는 동료들이 더욱 대단하게 느껴졌다.

"겁나 힘들죠?"

"……?"

갑자기 들리는 목소리에 이민혁이 반대편으로 고개를 돌렸다.

2학년 주전 공격수 최준이었다.

자신과는 최근 가장 호흡이 잘 맞았던 공격수이자, 가장 많은 패스를 건네준 후배였다.

'애 아니었으면 이렇게 많은 골을 못 넣었겠지.'

최준은 대자로 누운 자세 그대로 재차 말을 걸어왔다.

"이민혁 선배, 첫 선발이잖아요. 실제로 뛰어 보니까 죽을 맛이죠?"

"그러네."

"막 뛰는데 토할 것 같고, 심장 터질 것 같고 그러지 않았어요?"

"…귀신이냐?"

"크흐흐! 저도 처음에 그랬거든요. 연습 때는 내가 막 강철 체력인 것 같았는데, 막상 실전에 나가서 한 40분 뛰니까 하늘이 노래지더라고요."

"사람 다 똑같구나. 난 내가 저질 체력인 줄 알았지."

"처음에만 그래요. 몇 번 선발로 뛰다 보면 적응하게 되더라고요. 힘든 것도 덜해지고요."

"…그건 다행이네."

"근데 어떻게 된 거예요?"

"뭐가?"

"실력이요. 갑자기 다른 사람이 됐잖아요. 솔직히 말하면 처음엔 운인 줄 알았거든요? 근데 정신 차리고 객관적으로 보니까 실력이 좋아지신 거였어요. 스피드며 슈팅이며 제가 알던 민혁 선배가 아니던데요?"

이민혁이 옅게 웃었다.

뭐라 할 말이 없었다. 갑자기 눈앞에 레벨이 올랐다는 메시지가 떠올랐고, 스탯 포인트로 능력치를 올릴 수 있게 됐다고 말할 순 없었으니까.

"나도 신기해. 만년 후보였던 내가 골을 넣질 않나, 선발로 출전하질 않나… 솔직히 죄다 꿈같다."

"에이, 왜 안 어울리게 약한 소릴 하고 그러세요?"

"왜? 난 약한 소리 하면 안 돼?"

"안 어울려요. 민혁 선배, 누구보다도 강한 사람이잖아요."

"…뭔 소리야?"

"다 알고 있어요, 선배. 매번 가장 일찍 훈련장에 나오고 제일 늦게 집에 가잖아요. 3학년 선배들한테 듣기론 중학교 때도 그러셨다던데, 이게 어디 보통 사람이 할 수 있는 일이겠어요? 게다가 선배는 주변에서… 짜증 나게 하는 일도 많았잖아요. 그걸 다 이겨 내시고 이렇게 실력 좋아지신 거 보면 선배는 정말 강한 사람이에요."

"…좋게 포장해 줘서 고맙다."

크흠!

이민혁이 헛기침을 했다.

저런 말을 들으니 괜히 민망해졌다.

이때, 최준이 억울한 표정으로 말했다.

"포장이라뇨. 진심 제 생각이에요."

"그건 그렇고, 웬일이야?"

"예? 뭐가요?"

"웬일로 나한테 말을 걸었냐고."

"……?"

"알잖아. 다들 나 없는 사람 취급하는 거. 너도 나랑 교류가 있는 편은 아니었고. 갑자기 이렇게 온 이유가 뭐야?"

축구선수라는 꿈을 가진 이후, 늘 무시받으며 살아왔다.

수없이 많은 마음의 상처도 생겼다. 상처가 아물 때쯤이면 항상 더 깊은 상처가 생겼다.

그래서일까?

이민혁은 자신에게 다가온 최준을 본능적으로 경계하고 있었다.

그러자 최준의 표정은 더욱 억울하게 변했다.

"예에에?! 저 원래 선배랑 얘기하고 싶었어요. 그리고 최근에 실력 좋아지신 거 보고 더 얘기하고 싶어졌고요."

"나랑 얘기하고 싶었다고? 근데 안 했잖아?"

"저 솔직히 말해도 돼요?"

"말해."

"좀 무서웠어요. 괜히 말 걸면 맞을 것 같고, 그런 느낌이었달까요?"

"응? 무섭다고? 내가? 왜?"

이건 또 무슨 말인가?

이민혁이 황당하다는 얼굴로 최준을 바라봤다.

"거의 매일 싸우셨잖아요. 축구부 안에서도 싸우고, 밖에서도 싸우고. 싸움이라도 못하면 모를까, 매번 상대를 때려눕히셨으면서."

내가 그랬었나……?

이민혁이 멋쩍은 미소를 지었다.

누군가를 겁줄 생각은 전혀 없었다.

그저 살아남으려고 필사적으로 발버둥 친 것뿐이었는데.

"…그렇게 보였을 수도 있겠네. 근데 무서웠다면서 지금은 어떻게 온 거야?"

"어시스트 드렸잖아요."

"…뭐?"

"저번 경기부터 오늘 경기까지 제가 그래도 좋은 패스 몇 개 드려서 골 넣으신 거잖아요. 그래서 생각했죠. '설마 골 넣게 도와준 이쁜 후배를 때리겠어?' 근데 아무리 생각해 봐도 안 때릴 것 같더라고요."

"그래서, 안 때릴 것 같아서 왔다고?"

"예아."

웃음이 터져 버렸다.

그래, 최준은 이런 녀석이었다.

밝고 재밌는 성격으로 친화적이고, 실력까지 좋아서 누구나 좋아하는 그런 녀석.

"선배, 그리고 이건 진짜 무시하셔도 되는 말이긴 한데……."

"뭔데?"

"몰래 신비로운 약이라도 드신 거면 저도 하나만 주면 안 돼요?"

"……."

가끔은 황당한 소리를 하며 선배들한테 갈굼을 받는 녀석이기도 했다.

이민혁이 손을 휘저으며 몸을 일으켰다.

그러자 최준이 다급해졌다.

"선배! 왜 그냥 가요?"

"무시해도 된다며?"

"예? 진짜 무시하려고요?"

"그래, 간다."

"헐……!"

최준이 억울함 가득한 눈빛을 보냈고.

몸을 돌린 이민혁의 얼굴엔 즐거운 미소가 지어져 있었다.

*   *   *

갈운고등학교와의 경기에서 승리하며 8강 진출이 확정된 이후.

"확실히 나아지긴 했는데, 아직 부족해."

이민혁은 훈련에 몰두했다.

물론 체력 소모가 심한 훈련은 하지 않았다.

당장 이틀 뒤에 8강전 일정이 있었으니까.

게다가 갈운고와의 경기가 끝난 이후, 강철중 감독한테 8강전에도 선발로 뛰라는 말을 들었다.

당연히 체력에 더욱 신경을 써야 했다.

그래서 이민혁은 드리블 훈련과 볼트래핑 훈련 같은 기본기 훈련에 집중했다.

공을 가지고 움직이는 것과 공을 받는 것.

이것들은 축구를 하려면 누구나 할 줄 알아야 한다.

문제는 이것들을 '잘'하는 건 다른 차원의 난이도였다.

드리블과 볼트래핑을 잘하려면 '재능'이라는 게 필요했으니까.

'아쉽게도 나한텐 재능이 없어.'

이민혁은 스스로 재능이 없다는 걸 인정했다.

'하지만 나한텐 레벨이 있지.'

또, 이제는 재능을 극복할 방법이 생겼다는 것도 인정했다.

그래서.

이민혁은 과거와는 비교도 할 수 없을 정도의 큰 희망을 안고 훈련했다.

훈련은 즐거웠다. 늘어난 능력치만큼이나 실력이 쭉쭉 올라가는 게 느껴졌으니까.

늘 필사적으로 살아남기 위해서 훈련했던 이민혁에겐 엄청난 변화였다.

그리고.

또 다른 변화가 생겼다.

"민혁 선배, 저랑 같이해요!"

최준이라는, 재능 넘치는 동료와 함께 훈련하게 됐다는 것과.

"민혁아, 나도 좀 끼워 줘."

"나도! 나도 같이하자. 민혁이 너 요즘 드리블에 맛 들린 것 같은데, 내가 또 일대일 수비 하나는 자신 있거덩? 함 붙어 보자."

팀원들의 시선이 바뀌고 있다는 것이다.

"좋아, 다 들어와."

이민혁은 이제 머저리가 아닌, 한 명의 동료로 인정받기 시작했다.

*　　　*　　　*

전국고교축구대회 8강전이 시작되기 전날 늦은 저녁.

강철중 감독과 장현욱 코치는 잠들지 못하고 있었다.

"장 코치, 정말 괜찮을까?"

"걱정되긴 하는데, 그래도 오른쪽 뛸 수 있는 선수 중에 민혁이 컨디션이 제일 좋잖아요? 당장 최근 두 경기에서 골을 넣기도 했고요."

"그래, 그건 나도 알아. 이민혁이가 요즘 각성했다는 건 나도 안다고. 아오! 근데 상대가 너무 세잖아?"

두 남자가 잠 못 드는 이유는 다음 경기 때문이었다.

정확히는 이민혁이 만나게 될 상대 때문이었다.

"추동고등학교 오태곤… 영상 분석해 봤는데 잘하더라고요. 수비도 좋고 공격력도 좋아서 상당히 까다로운 스타일이에요. 확실히 하루 이틀 대비해서 상대할 친구는 아닙니다."

"내 말이 그 말이야. 오태곤 그 자식은 천재야. 이민혁이는 이제 막 축구를 깨달은 거고, 오태곤이 그 자식은 당장 프로에 가도 잘할 녀석이라고. 또 귀하디귀한 레프트백이잖아? 허! 그놈 참 인생 폈네."

강철중 감독, 그는 이민혁을 선발에서 내릴 생각은 없었다.

운이 따랐든 뭐든 간에 16강전에서 3골이나 박은 녀석이지 않은가.

이렇게나 컨디션이 올라온 선수는 무조건 뛰게 해야 한다는 게 그의 생각이었다.

단, 이민혁을 추동고 에이스이자 왼쪽 풀백인 오태곤과는 만나게 하고 싶지 않았다.

"그래서 감독님은 아직도 민혁이를 왼쪽에서 뛰게 할 생각이 세요?"

"고민이다."

이민혁을 오태곤이 막지 않는 반대쪽 윙어로 뛰게 하면 어떨까?

이게 바로 강철중 감독의 고민이었다.

하지만 장현욱 코치는 반대했다.

어지간해선 감독의 의견을 따르는 그였지만, 지금만큼은 절대 동의하지 않았다.

"감독님, 민혁이는 대한고에 와서 왼쪽에서 제대로 뛰어 본 적이 없어요. 훈련에서 어쩌다 한 번 땜빵으로 들어간 적은 있는데, 당연히 형편없었고요."

"요즘에 좀 달라졌잖아? 할 수 있지 않을까?"

"왼발을 거의 못 쓰는 친구입니다. 매번 오른쪽으로 접어서 크로스를 올릴 순 없잖습니까? 접는 기술이 좋은 아이도 아니고요."

"오른발 슈팅하기엔 왼쪽 윙어로 나가는 게 더 좋잖아? 요즘 슈팅 좋던데?"

"슈팅 하나만 보고 왼쪽 윙어로 내보내는 건 너무 위험하지 않습니까?"

"이런 썅! 아 그럼 나보고 어쩌라고오? 그냥 믿고 가라고? 얼마 전까지 머저리였던 이민혁을 U-16 국가대표 출신인 오태곤이랑 맞짱 뜨게 하자고오?!"

"예, 민혁이 한 번만 믿어 보시죠."

장현욱 코치, 그는 감독의 고함에도 고개를 숙이지 않았다.

원래의 그였다면 감독에게 이렇게까지 반기를 들지 않았을 거다.

그러나.

'이민혁은 도망치고 싶지 않을 겁니다.'

그는 이민혁이 흘린 땀과 열정을 봐 왔다.

그렇기에 이번 한 번만이라도 믿어 주고 싶었다.

다음 날.

대한고등학교와 추동고등학교의 8강전이 시작됐다.

그리고 이민혁은 이전 경기와 같은 오른쪽 윙어로 출전했다.

*   *   *

대한고등학교와 추동고등학교의 8강전이 시작되기 전날.

"방금은 돌아서 들어갔어야지!"

"집중해! 당장 내일이 경기인데, 경기장 들어가서도 이럴 거야?"

추동고등학교는 호흡을 맞춰 보며 전술을 재정비하는 것에 많은 신경을 쏟았다.

이처럼 추동고등학교 선수들이 8강에서 승리하기 위해 노력하고 있을 때.

"아, 지루해."

한 소년은 유일하게 벤치에 앉아서 훈련을 지켜봤다.

"거참, 영감은 이미 지겹게 맞춰 본 전술을 뭘 또 맞춰 보겠다고 저러는 거야?"

그때였다.

소년이 영감이라 부른, 추동고등학교의 감독 김창석이 소리를 빼액 질렀다.

"야! 오태곤! 너 정말 훈련 안 할 거야?"

추동고등학교 3학년 오태곤.

그는 감독의 말에 귀를 후비며 대답했다.

"저는 컨디션 관리 중이라고요. 그리고 당장 내일이 경긴데 무슨 훈련이에요? 괜히 햇빛 쐬다가 쓰러지면 어쩌려고."

"저 뺀질이 자식을 그냥……! 야 인마, 내일 8강전이야! 대한고등학교 경기 안 봤어? 갈운고를 쉽게 이기는 거 보고도 그런 말이 나와?"

"아~! 경기 봤으니까 이러고 있죠. 대한고인지 대훈고인지, 걔네 별거 없던데요. 갈운고야 뭐, 원래 못하는 애들이고요."

"어휴! 그래, 알아서 해라. 다들 뭘 쳐다보고 있어? 구경났어? 계속 훈련해!"

추동고의 김창석 감독.

그는 답답하다는 듯 가슴을 두드렸지만, 오태곤에게 하던 잔소리를 멈췄다.

'에잉! 실력이라도 없었으면……!'

더는 잔소리할 필요가 없었다.

저렇게 뺀질대긴 해도 오태곤은 매번 기대 이상의 실력을 보여 주는 선수였으니까.

명실상부 추동고의 에이스였으니까.

사실 지금도 팀의 분위기를 잡기 위해 보여 주기 식 잔소리를 한 것이었을 뿐, 진심으로 혼낼 생각은 없었다.

"꼭 저렇게 시간 낭비를 하신다니까."

피식!

오태곤의 한쪽 입꼬리가 올라갔다.

방금 감독에게 한 말들 모두 신심이었다.

그의 눈에 대한고등학교는 전혀 어려운 상대로 보이지 않았다.

그저 4강에 올라가기 위한 제물로 보일 뿐이었다.

*　　　　*　　　　*

곧 8강전이 펼쳐질 경기장 안.

경기 전, 대한고등학교와 추동고등학교 선수들에게 몸을 푸는 시간이 제공됐다.

그런데.

대한고등학교 선수들은 훈련에 쉽게 집중하지 못했다.

"저기 봐! 오태곤이야!"

"오! 진짜 오태곤이다! 저 사람 엄청 잘한다던데?"

"쟨 걍 괴물이지. 이미 프로 팀이랑 계약했다는 소문도 있더라."

상대 팀에 있는 오태곤의 존재 때문이었다.

'오태곤.'

이민혁도 오태곤을 알고 있었다.

모르는 게 이상했다. 오태곤은 전국구로 유명한 선수였으니까.

더구나 U-16 국가대표로 뛰며 TV에도 나왔던 선수였으니까.

그리고.

'오늘 내가 상대해야 할 선수지.'

자신이 이겨 내야만 하는 상대였으니까.

'오태곤의 실력은 확실히 대단해.'

추동고등학교와의 8강전이 결정된 이후, 이민혁은 하루도 빠짐없이 오태곤이 뛰었던 영상들을 보며 분석하는 시간을 가졌다.

그 결과, 알 수 있었다.

오태곤이 괜히 U-16 국가대표팀에 들어갔던 게 아니라는 걸.

100% 실력으로 들어간 거라는 걸.

'천재라는 걸… 인정할 수밖에 없어.'

영상으로 본 오태곤은 천재라는 말이 잘 어울렸다.

기본기가 좋고 수비 능력은 말할 것도 없이 좋다. 풀백치고 피지컬도 좋고 공격 능력까지 좋다.

공수 모두 뛰어난, 윙어로선 가장 상대하기 싫은 스타일.

윙어에겐 좌절감을 주는 풀백이었고, 적어도 이번 대회에서는 최고의 풀백이었다.

그런데.

이민혁은 좌절하지 않았다.

오히려 밝은 표정으로 오태곤을 바라봤다.

175㎝ 정도의 키에 다부진 몸, 강인해 보이는 얼굴까지.

겉모습마저 '나 축구 잘해요'라고 쓰여 있는 것 같은 느낌이었다.

그래서.

"재밌겠네."

더 재밌을 것 같았다.

이민혁에게 자신보다 잘하는 선수를 상대하는 건 어차피 익숙한 일이었다.

축구를 할 때마다 대부분의 상대는 자신보다 좋은 실력을 지녔었고, 그들을 상대해야만 했었다.

물론 대부분 패배했었지만.

그래도 그런 경험들이 지금의 이민혁을 웃을 수 있게 만들어 줬다.

'청소년 국가대표 출신을 상대하게 될 줄이야. 이런 경험은 돈 주고도 못 사는 건데.'

게다가 최근 레벨이 많이 오르고, 열정적으로 훈련한 이민혁의 자신감은 잔뜩 올라와 있었다. 국가대표 출신을 상대로도 전혀 위축되지 않을 정도로.

물론 오태곤에게 여러 번 털릴 거라는 것쯤은 알고 있었다.

실력으론 아직 녀석을 이길 수 없다.

그래도.

'쟤도 사람인데, 한두 번은 뚫을 수 있겠지.'

유리한 건 자신이었다.

수비수는 계속해서 상대의 공격을 잘 막아야 하지만, 공격하는 선수는 단 한 번만 뚫어 내도 골 기회를 만들 수 있으니까.

'빨리 붙어 보고 싶다.'

이민혁은 과거보다 많이 성장한 자신의 실력이 국가대표 출신 풀백에게 얼마나 통할지, 조금이라도 더 빨리 확인해 보고 싶었다.

그래서일까?

흥분되는 마음을 가라앉히려 노력했지만, 쉽지 않았다.

그때였다.

"다들 모여."

심판이 선수들을 불러 모았다.

경기가 곧 시작된다는 걸 알리는 행동이었다.

"최강 대한고 파이팅!"

"추동고 잡아 보자!"

"8강까지 올라왔으니까 4강 맛은 봐야지!"

대한고등학교 선수들은 기합을 넣으며 승리에 대한 의지를 드러냈다.

이민혁 역시 동료들 사이에서 함께 '대한고 파이팅'을 외쳤다.

그리고 지금.

삐이익!

전국고교축구대회 8강전이 시작됐다.

그와 동시에.

이민혁의 눈앞에 2개의 메시지가 떠올랐다.

[퀘스트를 완료하셨습니다!]
[퀘스트 내용: 전국고교축구대회 8강전에 출전하세요.]
[보상으로 경험치가 대폭 증가합니다.]

[퀘스트를 완료하셨습니다!]
[퀘스트 내용: 전국고교죽구대회 8강전에 선발 출전하세요.]
[보상으로 경험치가 대폭 증가합니다.]

[레벨이 올랐습니다!]
[현재 레벨은 18입니다.]

'개꿀이네.'
이민혁의 입가에 진한 미소가 지어졌다.
생각도 못 했던 레벨업이었기에 더욱 기분이 좋았다.

[스탯 포인트 2를 사용하셨습니다.]
[드리블 능력치가 2 상승합니다.]
[현재 드리블 능력치는 66입니다.]

얻은 스탯 포인트는 당연히 드리블에 투자했다.
　이미 오태곤과의 정면 승부를 마음먹었고, 승산을 조금이나마 높이려면 드리블에 투자해야 했으니까.
'이러면 진짜 해 볼 만하겠는데?'

이민혁의 얼굴에 조금 전보다 더 강한 자신감이 드러났다.

동시에 생각했다.

잘하면 오태곤의 수비를 빠르게 뚫어 낼 수도 있겠다고.

그러나.

이 생각이 착각이라는 걸 깨닫는 데에는 그리 오랜 시간이 걸리지 않았다.

"억!"

단말마의 비명과 함께 이민혁이 바닥을 뒹굴었다.

스피드를 이용한 돌파를 시도했고, 오태곤의 태클에 깔끔히 막혀 버렸다.

'또 막힌다고……?'

벌써 세 번째였다.

자신 있게 돌파를 시도했지만, 이쯤 되니 오태곤이 커다란 벽으로 느껴졌다.

하지만 이민혁은 포기하지 않았다.

몇 번이나 바닥에 넘어진 탓에 엉덩이가 쑤셨지만, 훌훌 털고 일어났다. 언제 넘어졌냐는 듯 다시 적극적으로 뛰어다녔다.

세 번이나 실패했지만, 조금도 주눅 들지 않았다.

기회가 온다면 또다시 오태곤과의 승부를 펼칠 생각이었다.

그리고.

기회는 생각보다 빠르게 찾아왔다.

투욱!

이민혁이 공을 잡았다.

최전방에서 수비수를 등지고 공을 받아 낸 최준이 보낸 패스였다.

'왔구나.'

정면엔 어느새 접근한 오태곤이 보였다.

자신감이 넘쳐흐르는 얼굴을 한 채 자세를 낮춘 오태곤.

이민혁은 그를 상대로 공을 툭툭 치며 전진했다.

그러자 오태곤이 입을 열었다.

"또 덤비려고? 설마, 아니지? 너 그러다가 조기 교체 된다?"

비웃음을 머금은 말이었지만, 이민혁은 흔들리지 않았다.

모욕과 비웃음이라면 지겹게 듣고 봐 왔던 것.

침착함을 유지하는 데엔 전혀 문제가 없었다.

다만, 가만히 듣고 있지는 않았다.

"내 걱정하지 말고, 네 걱정이나 해."

"뭐? 얘가 지금 뭐라는 거야?"

"청소년 국가대표 풀백 한번 털어 볼 거니까 조심하라고."

"…미친놈!"

오태곤의 욕설이 터짐과 동시에 이민혁이 또다시 전진했다. 상체를 크게 흔들며 당장에라도 돌파를 시도할 것처럼 움직였다.

그 움직임에 오태곤이 발을 뻗었다. 빠른 타이밍에 나온 태클이었다.

이민혁이 세 번이나 당했던 태클이기도 했다. 하지만 지금은 오히려 오태곤의 태클이 들어오기만을 기다리고 있었다.

'네 번은 안 당하지.'

오태곤의 태클이 들어오기 직전.

이민혁은 최전방에 있는 최준에게 패스했다. 이어서 이민혁은 오태곤을 넘어 추동고등학교의 측면을 전속력으로 파고들었다.

"뭐야?!"

당황한 오태곤이 이민혁의 뒤를 쫓았지만, 이미 두 선수의 거리는 벌어졌다.

죽기 살기로 뛰며 따라붙으려고 했음에도 그럴 수 없었다.

실력은 밀릴지언정 스피드만큼은 오태곤보다 이민혁이 더 빨랐으니까.

그리고.

대한고등학교 공격수 최준은 그런 이민혁을 향해 리턴패스를 뿌렸다.

터엉!

공을 잡아 두지 않는 원터치 다이렉트 패스였다. 정확도도 좋았다. 이민혁이 달리는 앞쪽 공간을 향해 적당한 속도로 깔려 들어왔을 정도로.

투욱!

다시 공을 잡은 이민혁의 얼굴에 미소가 지어졌다.

'네 번째는 동료를 이용할 거라는 생각도 했어야지.'

며칠간 분석에 매달린 결과, 이민혁은 오태곤의 약점을 찾아낼 수 있었다.

U-16 국가대표를 했을 정도로 대단한 선수였지만, 그도 사람인지라 분명히 약점을 갖고 있었다,

영상으로 분석한 오태곤은 갑작스러운 변화에 약했다.

똑같은 패턴을 몇 번 상대한 뒤에 갑자기 다른 패턴을 상대하

면 당황하며 제대로 반응하지 못했다.

즉, 이민혁의 앞선 세 번의 돌파 시도는 미끼였다. 물론 일부러 막혀 준 건 아니었다. 최선을 다해서 돌파를 시도한 것이었고, 세 번 다 깔끔하게 막힐 줄은 몰랐다.

솔직히… 세 번 중 한 번은 뚫을 줄 알았다.

'그래도 뚫어 내긴 했네.'

마침내 오태곤의 수비를 뚫어 낸 이민혁이 집중력을 끌어올렸다.

이번 한 번은 통했지만, 그다음부터는 통하지 않을 것이다. 영상에서도 그랬다. 오태곤은 딱 한 번 당황하지만, 경기가 끝날 때까지 더는 흔들리지 않는다.

때문에, 이번 기회는 무조건 살려야 했다.

투다다닷!

텅 빈 측면으로 이민혁이 뛰어 들어갔다.

역시나 공을 치고 달리는 속도 하나만큼은 일품이었다.

깊숙이 공을 몰고 들어가자 중앙수비수 하나가 뛰쳐나왔다. 페널티박스 안까지 파고드는 건 막으려는 의도였다.

이때, 이민혁은 슈팅할 것처럼 다리를 한 번 휘둘렀다. 이 움직임에 달려오던 수비수가 잠깐이지만 움직임을 멈췄다. 그 순간 이민혁은 다시 짧고 빠르게 다리를 휘둘렀다. 이번엔 속임수가 아니었다.

터어엉! 이민혁이 차 낸 공이 바닥에 낮게 깔린 채 쏘아졌다. 순식간에 페널티박스 안을 파고들어 골키퍼의 앞쪽으로 향했다.

그리고.

"선배, 나이스 패스!"

대한고등학교의 공격수 최준이 공을 골대 안으로 밀어 넣었다.

'됐어!'

이민혁이 주먹을 불끈 쥐었다.

고교 최고의 풀백인 오태곤의 수비를 뚫어 내고, 어시스트를 기록한 것에 대한 만족감은 대단했다.

온몸에 소름이 돋을 정도로 짜릿했다.

그런데 이때.

"…억?!"

훨씬 더 짜릿한 내용을 담은 메시지들이 떠올랐다.

*   *   *

어시스트를 기록한 지금.

이민혁에겐 어시스트를 기록했다는 것보다 더 기분 좋은 일이 일어났다.

그건 바로 눈앞에 메시지들이 떠올랐다는 것과.

[퀘스트를 완료하셨습니다!]
[퀘스트 내용: 실력이 더 뛰어난 선수와의 대결에서 승리하세요.]
[보상으로 경험치가 대폭 증가합니다.]

[퀘스트를 완료하셨습니다!]

[퀘스트 내용: 전국고교축구대회 8강에서 공격포인트를 기록하세요.]

[보상으로 경험치가 대폭 증가합니다.]

[퀘스트를 완료하셨습니다!]

[퀘스트 내용: 전반전에 공격포인트를 기록하세요.]

[보상으로 경험치가 대폭 증가합니다.]

[레벨이 올랐습니다!]

[레벨이 올랐습니다!]

무려 2개의 레벨이 올랐다는 것이다.

'더 뛰어난 선수와의 대결에서 승리? 이거 오태곤 말하는 거 맞겠지?'

크흠!

이민혁이 헛기침을 했다.

솔직히 조금 민망하긴 했다. 어찌 됐건 일대일 대결이 아니라 동료의 도움을 받은 거였으니까.

동시에 다짐했다.

이번 경기가 끝나기 전까지, 자신의 힘만으로 오태곤과의 대결에서 이겨 보겠다고.

'이왕이면 오태곤 제치고 골까지 넣고 싶다.'

이민혁은 오태곤과의 대결을 상상하며 레벨이 오르며 얻은 스탯 포인트를 사용했다.

[스탯 포인트 4를 사용하셨습니다.]

[드리블 능력치가 4 상승합니다.]

[현재 드리블 능력치는 70입니다.]

씨익!

이민혁의 입가에 미소가 지어졌다.

드디어 70을 찍었다. 앞 자릿수가 바뀌며 드리블의 체감이 크게 달라질 거라는 걸 알기에, 더욱 기분이 좋았다.

그런데 이때.

"응……?"

좋아하던 이민혁이 움직임을 멈췄다.

그럴 수밖에 없었다.

갑작스레 새로운 메시지가 떠올랐으니까.

[레벨 20을 달성하셨습니다!]

[스킬이 지급됩니다.]

['예리한 패스'를 습득하셨습니다.]

*   *   *

초등학교에 다닐 때.

이민혁은 잠깐이지만 게임을 즐긴 적이 있다.

여러 개의 게임을 했었고, 그중엔 RPG 게임도 있었다.

경험치를 올려서 레벨을 높이고, 그로 인해서 강해지는 게임. 추가적으로 스킬을 배워서 더욱 강해지는 그런 RPG 게임이었다.

당연하게도 이민혁은 스킬에 대한 중요성을 알고 있었다.

'게임에서든, 현실에서든 스킬은 많을수록 좋지.'

또, 현재 보유하고 있는 '예리한 슈팅' 스킬은 확실히 좋다.

실제로 '예리한 슈팅' 스킬의 도움을 받아 골을 넣기도 하지 않았는가.

그렇기에.

지금 눈앞에 떠오른 스킬에 관심이 생길 수밖에 없었다.

[예리한 패스]

유형: 패시브

효과: 패스 시 20% 확률로 정확도가 대폭 상승합니다.

예리한 패스라는 이름을 가진 패시브 스킬.

이민혁은 이 스킬을 보자마자 알 수 있었다.

'예리한 슈팅, 패스 버전이네.'

이미 가지고 있던 '예리한 슈팅' 스킬과 거의 같은 효과를 가졌다는 걸.

'너무 좋은데?'

그래서 대박이었다.

다섯 번 중 한 번의 확률로 정확도 높은 패스를 뿌릴 수 있게 되는 효과는 확실히 좋아 보였다.

패스 실력이 좋지 않은 이민혁에겐 더욱 좋게 느껴질 게 분명했다.

또, 새로운 사실을 알게 됐다.

'10레벨마다 스킬이 지급되는 건가?'

10레벨에 '예리한 슈팅'을 얻었고, 20레벨이 된 지금은 '예리한 패스'를 얻었다.

이걸로 보아 10레벨마다 스킬이 지급되는 게 아닌가, 예상해 볼 수 있었다.

물론 확실하진 않다.

앞으로 30레벨, 40레벨까진 올려 봐야만 이 생각에 확신을 가질 수 있을 것 같았다.

현재 확실한 건 하나였다.

'너무 좋은 무기를 얻었어.'

예리한 패스라는, 굉장히 좋은 무기를 얻게 됐다는 것이다.

*　　　　　*　　　　　*

드리블 능력치 70이 됐다는 것.

앞 자릿수가 6이 아닌, 7이 됐다는 것.

이 변화는 이민혁의 예상대로 큰 변화를 가져다줬다.

"뭐 해?! 똑바로 막으라고!"

"아니, 얘 움직임이 달라졌다고오!"

추동고등학교 측에서 다툼이 생겼다.

이민혁이 추동고 윙어의 전진 압박을 몇 번의 터치로 손쉽게 벗어났기 때문이었다.

"아오, 시바! 내가 막는다."

추동고의 에이스 오태곤이 직접 나섰지만, 결과는 바뀌지 않았다.

이미 한 번 뚫리며, 심리적으로 불안해진 상태였고.

이민혁이 그런 오태곤과 계속해서 효율적인 심리전을 펼쳤으니까.

"한 번 더 뚫어 줄게."

휘익! 휙!

상체를 여러 번 흔들며 금방이라도 치고 나갈 것처럼 행동하는 이민혁의 모습은 오태곤의 신경을 거슬리게 했다.

"곧 뺏길 놈이 까불기는……!"

"좀 전에 털린 건 너잖아."

"아오! 이 별것도 아닌 놈이!"

"별것도 아닌 놈한테 뚫린 놈이."

오태곤의 얼굴이 붉게 달아올랐다. 그러나 쉽게 발을 뻗진 못했다.

조금 전에 성급하게 발을 뻗었다가 2 대 1 패스에 돌파를 허용하지 않았던가. 이번엔 절대 뚫리지 않을 생각이었다. 그래서 신중하게 자세를 낮추고 이민혁을 끌어들이려고 했다.

지금 이 순간, 오태곤은 몰랐다.

이민혁이 돌파를 할 마음이 없다는 걸.

휘익!

오태곤을 앞에 둔 이민혁이 상체를 흔들던 것을 멈추곤 다리를 강하게 휘둘렀다.

퍼엉―

"뭐야?!"

오태곤이 놀라서 다리를 높게 뻗어 봤지만, 공은 이미 그를 지나쳐 날아갔다.

측면으로 완전히 파고들기 전에 페널티박스를 향해 높게 올리는, 얼리크로스.

똥 크로스가 될 가능성이 높았지만, 이민혁은 그래도 시도했다.

'다음에 돌파를 노리려면 한 번은 패턴을 바꿔 줘야 해.'

이번 크로스로 뭔가를 바라지 않았다. 단순히 심리전을 위해서 필요한 작업이었다. 이번에 크로스를 올리면, 다음부턴 오태곤에게 크로스까지 경계하게 만들 수 있다. 그러면 오태곤의 머릿속은 조금 더 복잡해질 수밖에 없다.

그런 의도로 시도한 크로스였다.

기대치는 조금도 없었다.

그런데.

[20% 확률로 '예리한 패스' 스킬 효과가 발동됩니다!]
[패스의 정확도가 대폭 상승합니다.]

예리한 패스 스킬 효과가 발동됐다.

쉬이이이익!

공은 곡선을 그리며 페널티박스 안으로 날아갔고.

정확히 대한고등학교의 공격수 김철수의 머리로 향했다.

투욱!

김철수는 날아오는 공의 방향을 바꿔 놓았고, 그걸로 끝이었다.

추동고등학교의 골키퍼는 예상할 수 없는 방향으로 날아온 공에 반응하지 못했다.

철렁!

"이야쓰!"

흥분한 김철수가 하늘을 향해 주먹을 휘둘렀고,

추동고등학교 선수들은 고개를 숙였다.

그리고.

어시스트를 기록한 이민혁의 눈앞엔 어김없이 메시지가 떠올랐다.

[퀘스트를 완료하셨습니다!]

[퀘스트 내용: 전국고교축구대회 8강에서 어시스트를 기록하세요.]

[보상으로 경험치가 대폭 증가합니다.]

[퀘스트를 완료하셨습니다!]

[퀘스트 내용: 전국고교축구대회 8강에서 2개의 공격포인트를 기록하세요.]

[보상으로 경험치가 대폭 증가합니다.]

[레벨이 올랐습니다!]

퀘스트를 완료했다는 메시지와 레벨이 올랐다는 메시지.
이민혁은 빠르게 스탯 포인트를 사용했고.

[스탯 포인트 2를 사용하셨습니다.]
[드리블 능력치가 2 상승합니다.]
[현재 드리블 능력치는 72입니다.]

'집중하자.'
곧바로 경기에 집중했다.
두 번째 골을 허용한 이후, 추동고등학교는 더욱 적극적으로
공격을 시도했다.
추동고의 공격은 확실히 날카로웠다.
특히 수비수임에도 높게 올라와서 공격에 참여하는 오태곤의
플레이는 대한고등학교의 수비수들을 힘들게 했다.
추동고는 계속해서 대한고의 골문을 두드렸고, 마침내 후반
30분이 되었을 땐 한 골을 넣는 것에 성공했다.
오태곤이 패스하고 추동고등학교의 공격수가 마무리하며 터
진 골이었다.
"더 뛰어! 더! 이대로 동점까지 갈 거니까 뒈질 때까지 뛰어!"
잔뜩 흥분한 오태곤이 고함을 쳐 댔다.

현재 스코어는 2 대 1로 밀리고 있다. 자존심이 상했다. 만만한 상대라고 생각했던 대한고등학교 놈들한테 밀린다니!

이건 자존심 강한 오태곤에겐 있어선 안 되는 일이었다.

"야, 이 새끼들아! 더 뛰라고오!"

이대로라면 팀이 질 수도 있다는 불안함이 오태곤의 머릿속에 차오르기 시작했고.

오태곤은 자신도 모르는 사이에 수비를 등한시하고 공격에만 집중하기 시작했다.

"야, 인마! 오태곤! 수비 복귀해!"

추동고등학교의 김창석 감독이 고래고래 소리를 질렀지만.

오태곤의 귀엔 들리지 않았다.

'내가 해야 해! 내가 직접 골을 만들어야 해!'

이 순간, 오태곤의 머릿속엔 빠르게 동점골을 만들어야 한다는 생각만이 가득했다.

뒤를 돌아보지 않고 공격에만 집중하는 오태곤의 플레이는 확실히 위협적이었다. 대한고등학교의 오른쪽 풀백 강민호가 힘들어할 정도로.

그러나 문제는 급하다는 것이었다.

오태곤은 결국 풀백이었다. 준수한 공격력을 가진 수비수일 뿐, 뛰어난 윙어 수준의 돌파 능력까지 갖춘 선수는 아니었다.

그런데 급하게 돌파를 시도하기까지 한다?

대한고등학교의 수비수들은 바보가 아니었다. 무리하게 밀고 들어오는 풀백은 충분히 막아 낼 수 있는 선수들이었다.

"씨바알!"

돌파가 막히며 공까지 뺏긴 오태곤의 얼굴이 터질 듯 붉어졌다.

"욕이나 하고 있을 때가 아닐 텐데?"

대한고의 주장이자 중앙수비수인 문상진이 웃으며 말했다.

동시에 그는 오태곤에게서 뺏어 낸 공을 전방으로 강하게 차냈다.

퍼어엉!

"……!"

오태곤의 눈이 찢어질 듯 커졌다.

그리고 고개를 돌리며 깨달았다. 자신이 무슨 짓을 한 것인지.

"으아아아아아!"

오태곤의 눈엔 보였다.

텅 빈 최전방을 향해 빠른 속도로 달려 나가는 대한고등학교의 한 선수가.

그 선수는 문상진이 보낸 공을 투박한 트래핑으로 받은 뒤, 달리는 속도를 이용해 추동고의 골키퍼까지 제쳐 냈다.

이제는 텅 비어 버린 골대. 그 선수는 그곳을 향해 공을 밀어 넣었다.

그리고 지금.

분노한 오태곤은 그 선수의 이름을 잘근잘근 씹듯이 뱉어 냈다.

"이민혁어어어어억!"

이민혁이라는 이름은.

오늘 오태곤의 머릿속에 진하게 각인됐다.

*　　　　*　　　　*

대한고등학교와는 달리, 추동고등학교는 4강을 노리던 팀이
아니었다.

결승을 넘어 우승까지 바라보던 팀이었다.

오태곤이라는 에이스를 보유했고, 좋은 실력을 지닌 선수들
을 보유했기에 가능한 목표였다.

실제로 추동고는 많은 고등학교 감독들에게 우승 후보로 꼽
힌 팀이었다.

그래서 자신감이 넘쳤다.

대한고등학교라는 그저 그런 수준의 팀에 질 거라는 생각은
전혀 하지 못했다.

하지만 경기가 끝난 지금, 결과는 이들의 생각과는 전혀 달랐
다.

추동고등학교의 계획은 한 선수 때문에 망가지고 말았다.

그리고.

추동고의 계획을 망쳐 놓은 그 선수, 이민혁은 멍하니 허공을
바라보고 있었다.

그의 눈앞엔 많은 수의 메시지들이 떠오르고 있었다.

[퀘스트를 완료하셨습니다!]
[퀘스트 내용: 전국고교축구대회 4강에 진출하세요.]

[보상으로 경험치가 대폭 증가합니다.]

[퀘스트를 완료하셨습니다!]
[퀘스트 내용: 전력이 더 강한 팀을 상대로 승리하세요.]
[보상으로 경험치가 대폭 증가합니다.]

[퀘스트를 완료하셨습니다!]
[퀘스트 내용: 팀에서 가장 좋은 활약을 하세요.]
[보상으로 경험치가 대폭 증가합니다.]

[퀘스트를 완료하셨습니다!]
[퀘스트 내용: 체력적으로 힘든 상황에서도……]
…….

Chapter. 3

추동고등학교와의 경기는 대한고등학교의 승리로 끝났다.

4강 진출이 확정된 것이다.

물론 쉬운 상대는 아니었다. 추동고의 에이스 오태곤은 위협적이었고, 다른 선수들 역시 상대하기 어려웠다.

하지만 결국 승리한 팀은 대한고등학교였다.

"진짜 올라갔어! 우리가 4강에 올라갔다고!"

"이거 꿈 아니지……? 리얼 실화지?"

"흐흐흐! 이러다가 결승까지 가는 거 아니야?"

"4강 확정됐으니까 이제 스카우터들이 관심 좀 가지겠지? 보입니다, 보여요! 프로의 길이 보입니드아아!"

힘든 싸움을 끝내고 4강 진출이라는 영광을 쟁취한 대한고등학교 선수들은 당당히 기쁨을 누렸고.

"으하하핫! 장 코치! 거봐, 이민혁이가 오태곤 잡을 수 있다고 했잖아! 이게 바로 명장의 판단력이야."

"…역시 감독님이십니다!"

대한고등학교의 강철중 감독 역시 커다란 웃음을 터뜨리며 기뻐했다.

같은 시각.

오늘 가장 좋은 활약을 펼친 이민혁은 눈앞의 메시지들을 바라보고 있었다.

"우와……."

여러 개의 메시지였다. 하지만 지금은 메시지의 개수는 중요하지 않았다.

솔직히 퀘스트 내용들도 눈에 들어오지 않았다.

이민혁의 눈에 들어오는 건 오직 뒤늦게 떠오른 메시지들이었다.

[레벨이 올랐습니다!]
[레벨이 올랐습니다!]
[레벨이 올랐습니다!]

3개의 레벨이 올랐다는 것.

레벨업에 필요한 경험치가 많이 늘어났다는 걸 생각하면 3개의 레벨이 한 번에 오른 건 대단한 일이었다.

그걸 알기에 이민혁은 쉽게 입을 다물지 못하고 있었다.

"한 번에 6포인트를 얻었네……."

무려 6개의 스탯 포인트를 얻은 지금, 이민혁은 상태 창을 띄웠다.

[이민혁]

레벨: 24

나이: 19세(만 17세)

키: 181㎝

몸무게: 72㎏

주발: 오른발

[체력 71], [슈팅 70], [태클 54], [민첩 62], [패스 58]

[탈압박 59], [드리블 72], [몸싸움 62], [헤딩 61], [속도 85]

스킬: [예리한 슈팅], [예리한 패스]

스탯 포인트: 6

상태 창을 보니 솔직히 올리고 싶은 능력치는 많았다.

특히 수치가 60도 되지 않는 능력치들은 당장에라도 앞 자릿수를 바꿔 주고 싶었다.

그러나.

'아직은 아니야.'

지금은 당장 다음 경기인 4강전에 가장 효율적일 능력치에 투자할 때였다.

[스탯 포인트 6을 사용하셨습니다.]

[드리블 능력치가 6 상승합니다.]

[현재 드리블 능력치는 78입니다.]

*   *   *

4강 진출이 확정된 이후.

이민혁의 일과는 대부분 훈련이었다.

훈련 내용의 많은 부분을 차지한 건 드리블 훈련이었다.

"여기서 다리를 이쪽으로 빼야 하는 거였구나."

주로 해외 프로선수들의 드리블 영상을 보며 드리블 기술을 연습했다.

물론 영상으로 보고 배우는 건, 직접 배우는 것에 비해 효율이 떨어질 수밖에 없지만 어쩔 수 없었다.

대한고등학교엔 영상에 나오는 높은 수준의 기술들을 가르칠 사람이 없었으니까.

"오! 이제 되네."

이민혁이 영상을 보고 기술을 습득하려 한 건 이번이 처음은 아니었다. 축구에 대한 열정과 욕심이 많았기에, 지금보다 훨씬 더 어릴 때부터 영상을 보고 연구하고 따라 했었다.

하지만, 재능이 없었기 때문일까?

아무리 따라 해 보려고 노력해도 안 됐었다. 몸이 따라 주질 않았다.

그런데.

지금은 달랐다.

"예전이랑 다르게 연습하니까 되긴 되네. 근데 실전에서 쓰려면 더 많이 연습해야겠어."

드리블 능력치가 70이 넘었다는 것.

이젠 무려 78이나 되어 버렸다는 것.

이 변화는 이민혁이 지닌 드리블 실력의 질을 한참이나 높여 놓았다.

받아들이는 속도와 효율이 달라졌다.

영상으로 본 해외 프로축구 선수들의 기술들을 얼추 비슷하게나마 흉내 낼 수 있게 됐을 정도로.

"아~! 요즘 너무 재밌다."

답답하고, 힘들었던 훈련이 이제는 즐거워졌다.

생각한 대로 몸이 움직이고, 기술을 쓸 수 있게 됐다는 사실은 이민혁을 너무나 즐겁게 만들었다.

이처럼 드리블에 많은 시간을 투자하며 훈련에 몰두했지만.

드리블에만 집중한 건 아니었다.

이민혁에겐 꼭 발전시켜야 하는 부분이 있었고, 그 부분도 드리블 훈련 못지않게 시간을 쏟았다.

바로 트래핑 훈련이었다.

트래핑은 보통 날아오는 공을 받아 내는 기술을 의미하는데, 이민혁은 이 트래핑 실력이 너무나 부족했다.

연습을 안 한 건 아니었다.

안정적으로 공을 받아 내서 빠르게 공격해야 하는 윙어였기에, 트래핑은 꼭 필요한 부분이라 정말 많이 노력했다.

그러나 이토록 많은 시간을 노력해 왔음에도 잘 늘지 않았다. 여전히 투박하고 실수가 잦았다.

훈련의 방법이 잘못된 것일 수도 있지만, 재능이 없는 것일 가능성이 더 컸다. 같은 방법으로 훈련한 동료들은 이민혁보다 더 적은 시간을 투자하고도 더 뛰어난 트래핑 실력을 지녔으니까.

이 부분은 각종 능력치가 많이 오른 현재도 마찬가지였다.

여전히 노력을 많이 하고 있음에도 트래핑 실력은 잘 늘지 않았다.

이걸로 알 수 있었다.

트래핑은 능력치의 도움을 받을 수 없는 분야라는 걸.

그래서.

'매일 하다 보면 결국 늘겠지.'

이민혁은 단 하루도 빠짐없이 계속 연습하는 방법을 선택했다.

*   *   *

전국에서 축구 잘한다는 고등학생이 다 모인 전국고교축구대회.

많은 수의 국내 프로 팀 스카우터들이 자리할 정도로 실력자들이 모인 대회.

이 대회의 4강전이 지금 펼쳐지려 하고 있었다.

힘든 상대들을 조직력과 열정으로 이기고 올라온 대한고등학교는 이제 결승을 바라보고 있었다.

그리고.

이런 대한고등학교를 상대할 팀 역시 우여곡절 끝에 4강까지 올라온 팀이었다.

선수 개개인의 능력은 뛰어나지 않지만, 워낙 팀 호흡이 좋아 기어코 골을 만들어 내고 올라온 팀.

내천고등학교였다.

삐이이익!

대한고등학교와 내천고등학교의 4강전이 시작됐다.

먼저 공을 만진 팀은 대한고등학교였다.

"천천히! 급하게 하지 마!"

"뒤에 있으니까, 침착하게 돌려!"

선공권을 얻은 대한고등학교는 천천히 공을 돌렸다.

아직 몸에 가득한 긴장감을 날려 버리고, 경기장에 완벽히 적응하기 위한 시간을 갖기 위함이었다.

내천고등학교 역시 신중했다. 이전 경기들에선 초반부터 강하게 압박을 펼쳤던 팀답지 않은 모습이었다.

4강이라는 중압감. 이곳에서 이기면 결승이고, 지면 탈락이라는 사실이 강한 중압감을 안겨 준 결과였다.

"압박 안 할 거야?! 너희 지금 뭐 하는 거야? 연습한 대로 하라고!"

내천고등학교의 감독 채준효는 이 상황이 답답한 듯 선수들을 향해 소리를 질렀다.

그러나 당장 변하는 건 없었다.

이미 중압감에 잡아먹혀 버린 내천고등학교 선수들은 뻣뻣한 움직임을 보이며 우물쭈물하고 있었다.

그때였다.

"다들 안 쫄았지?! 쟤넨 지금 개쫄았어!"

대한고의 주장 문상진이 커다란 목소리로 소리쳤다.

주장답게 상대의 분위기가 좋지 않다는 걸 보자마자 바로 팀의 기세를 북돋는 것.

문상진이 가장 잘하는 것 중 하나였다.

"얘들아! 4강에서 쩌는 모습 한 번 보여 주자! 개빡세게 훈련했던 거 지금 다 쏟아부어 보자고!"

이어진 문상진의 말.

그 말에 대한고등학교 선수들의 눈빛이 변했다.

씨익!

문상진의 입꼬리가 올라갔다.

'됐어.'

그에겐 팀의 기세가 변했다는 게 느껴졌다. 만족스러운 상황이었다.

이때, 문상진은 전방을 향해 길게 롱패스를 뿌렸다.

퍼엉!

평소엔 성공률이 낮지만, 상대가 굳어 있을 때는 충분히 통할 수 있는 최전방 롱패스 전술이었다.

더구나 지금은 대한고의 자신감이 올라온 상황이지 않은가.

문상진의 경험상 이런 타이밍엔 과감한 플레이가 잘 통하는 편이었다.

쉬이이익!

공이 빠르게 쏘아졌고.

현재 최전방에서 공이 날아오는 방향에 서 있는 선수는 김철수였다.

전체적인 능력은 또 다른 공격수인 최준에 비해 부족하지만, 공중볼을 따내는 능력만큼은 밀리지 않는 선수였다.

공중볼 귀신 김철수.

어지간해선 공중볼 경합에서 지지 않는 그는.

지금 역시 내천고등학교 수비수와의 경합에서 승리했다.

투웅!

김철수가 머리로 떨어뜨려 놓은 공은 최준이 잡아냈다.

휘익! 획!

최준은 헛다리를 짚으며 앞에 선 수비수의 타이밍을 뺏은 뒤 공을 대각선으로 툭 밀어 넣었다.

최준이 밀어 준 공을 받은 선수는 빠른 스피드로 달려온 이민혁이었다. 공을 받아 측면으로 파고든 그는 페널티박스 안으로 파고드는 최준을 향해 패스를 뿌렸다.

터어엉!

강한 땅볼 패스였다. 최준은 몸을 던지며 다리를 쭈욱 뻗었다. 어떻게든 골을 넣겠다는 강한 의지가 담긴 움직임이었다.

촤아아악!

잔디 위에 미끄러지며 뻗은 최준의 다리.

이민혁이 뿌려 낸 공은 그런 최준의 발끝에 걸렸다.

텅!

발끝으로 방향만 살짝 바꾼 슈팅. 그거면 충분했다. 공은 왼쪽으로 급격히 꺾였고, 골키퍼가 뻗은 손보다 한참이나 먼 곳으로 날아 들어갔다.

철렁!

겨우 전반전 8분에 터진 선제골.

대한고등학교에겐 끝없는 자신감을 심어 주는 골이었고, 내천고등학교에겐 짙은 불안감을 심어 준 골이었다.

*　　　*　　　*

축구에서 분위기는 중요하다.

팀의 분위기에 따라 승패가 갈리기도 할 정도로.

실제로 상대적으로 약팀이라 평가받던 팀이 분위기를 타서 상대적 강팀을 상대로 승리하는 상황도 많이 벌어진다.

이처럼 전력 차이가 나는 상황에서도 분위기에 따라 이변이 일어나는데, 만약 양 팀의 전력이 비슷한 상황이라면?

당연하게도 더욱 큰 영향을 미친다.

지금 펼쳐지고 있는 경기가 그랬다.

전력이 비슷하다고 평가받는 대한고등학교와 내천고등학교였고.

초반 선제골로 분위기를 완전히 잡은 팀은 대한고등학교였다.

분위기를 완전히 잡은 대한고는.

내천고등학교를 전반전 내내 완전히 찍어 눌렀다.

"으하하핫! 잘한다, 잘해! 이게 바로 대한고등학교지!"

"오늘 우리 애들 경기력 미쳤네요!"

강철중 감독과 장현욱 코치가 박수를 치며 좋아했다.

좋아할 수밖에 없었다.

전반전이 끝나기 직전인 지금, 대한고등학교가 내천고등학교를 상대로 무려 3 대 0으로 앞서고 있었으니까.

후반전도 다르지 않았다.

이미 3골이나 허용한 내천고등학교는 다급하게 공격의 숫자를 늘리며 분위기를 바꿔 보려 했지만.

대한고등학교는 집중력을 잃지 않았다. 한 골을 내주긴 했지만, 후반전 내내 안정적인 경기를 펼치는 것에 성공했다.

삐이이익!

경기 종료를 알리는 주심의 휘슬 소리.

소리를 들은 대한고등학교 선수들은 감독과 코치를 향해 달려갔다. 이미 모든 체력이 소모돼서 다리가 후들거렸지만, 이들은 휘청거리면서도 감독과 코치를 얼싸안았다.

평소 거친 표현을 많이 하는 강철중 감독이지만, 지금만큼은 아이처럼 웃으며 선수들과 진한 포옹을 나눴다.

전국고교축구대회의 결승에 진출했다는 건 그만큼 기쁜 일이었다.

이처럼 선수들이 기쁨을 즐기고 있을 때.

"휴……! 이제 살겠네……."

이민혁은 화장실에 달려와 볼일을 보는 것에 집중했다.

후반전 내내 참아 왔기에 더욱 짜릿하게 느껴지는 순간이었다.

또한, 레벨도 올랐다.

비록 한 개의 레벨만이 올랐지만, 이것도 충분히 기분 좋은 일이었다.

아니, 오히려 두 개의 레벨이 올랐을 때보다도 더 특별하게 느껴졌다.

[스탯 포인트 2를 사용하셨습니다.]

[드리블 능력치가 2 상승합니다.]

[현재 드리블 능력치는 80입니다.]

드리블 능력치가 드디어 80이 됐다는 사실 때문이었다.

쏴아아아!

이민혁은 세면대에서 손을 씻은 뒤 화장실 밖으로 나왔다.

그러자 환한 햇볕이 내리쬤다.

"크으! 날씨까지 좋네."

내천고와의 4강전과 급한 볼일 참기.

두 가지 싸움에서 승리한 이민혁에겐 내리쬐는 햇볕이 아름다운 빛처럼 느껴졌다.

"빨리 복귀해야겠다."

아직 감독과 코치, 선수들이 결승에 오른 기쁨을 즐기고 있을 게 분명했다.

얼른 복귀해서 함께 기쁨을 나누고 싶었다.

그런데 이때.

"미스터 리?"

어느 나라 사람인지 모를 외국인들이 다가오며 손을 내밀었다.

"예……? 누구세요……?"

이민혁은 얼떨결에 외국인들의 손을 맞잡았다.

이어서 외국인 한 명이 진중한 얼굴로 무언가를 말했다.

물론.

'뭐라는 거야?'

이민혁은 알아듣지 못했다.

*　　　　*　　　　*

전국고교축구대회 4강전은 국내 프로리그 스카우터의 관심 속에 있었다.

"날씨 한번 기가 막히네! 괜찮은 선수 찾기엔 아주 좋은 날씨야."

"제발 이번엔 괜찮은 선수 좀 보여라."

스카우터들은 경기가 시작되기 전부터 좋은 자리를 잡고 선수들을 관찰했다.

선수들이 몸을 푸는 것부터, 동료들과의 사이가 원만한지까지도 자세히 살폈다. 이건 당연한 일이었다.

동료와의 관계는 팀 스포츠인 축구에서 중요할 수밖에 없고, 프로에선 동료와의 호흡에 따라 승패가 갈리는 경우가 꽤 많았으니까.

그리고.

현재 스카우터들의 가장 큰 관심사는 곧 붙게 될 대한고등학교와 내천고등학교 선수들이었다.

"오늘 대한고랑 내천고가 붙는 거 맞지?"

"예. 맞습니다."

"어디 괜찮은 선수 있어?"

"내천고에는 김상민, 양준희가 괜찮습니다."

"아~ 김상민이랑 양준희? 걔들이 이번 대회에서 내천고 4강에 올리는 데 가장 큰 역할 한 애들 맞지?"

"예, 중요할 때마다 한 방씩 터뜨려 줬던 선수들입니다."

"오케이, 그 친구들도 리스트에 올려봐. 그럼 대한고는?"

"대한고에는 문상진이랑 최준이 괜찮습니다."

"문상진은 뭐, 사실상 프로에서 적응만 좀 하면 충분히 뛸 수 있는 애잖아. 팀 주장에 리더십도 괜찮고, 피지컬도 나이에 비해 좋고, 나름 스타성도 있어 보이고… 오케이, 인정. 문상진도 리스트에 올려봐. 그리고 최준 걔는 2학년 맞지?"

"맞습니다."

"최준도 알지. 작년부터 싹이 보이던 애잖아."

"나이에 비해 실력이 괜찮더라고요. 키가 큰데 기술도 좋고요."

"잘하지. 18살짜리가 전국대회 4강에 오른 팀에서 주전일 정도면 인정해 줘야지. 그래서 그 둘이 끝이야?"

"아! 대한고 주전 골키퍼도 괜찮습니다. 이자룡이라고 작년부터 꾸준히 괜찮은 선방률을 보여 주는 선수죠. 또, 최근에 눈에 띈 선수인데 이민혁이라고……."

"어?! 이민혁? 얼마 전에 해트트릭했던 친구 맞지? 스피드 빠른 애."

"그 친구 맞습니다."

"근데 기본기가 부족해 보이던데? 내가 기억하기로는 이번 대회 전까진 경기에 못 나오던 친구 아니야?"

"이미 알고 계셨습니까?"

"알지. 이민혁 그 친구, 눈빛이 좀 남달랐거든. 벤치에 앉아 있는 거 보면 눈이 이글거렸어. 뛰고 싶은 열정이 참 대단하다 싶었는데, 결국 이번 대회엔 출전하더라고."

"확실히 투지가 대단한 친구입니다. 가끔 터지는 중거리 슈팅도 무시할 수 없고요."

"흐음… 기본기가 약한데 속도가 빠르고 슈팅이 좋다라… 에잉, 속 빈 강정이네. 눈빛이 좋긴 하지만 저런 기본기로는… 쯧!"

"그럼, 이민혁은 패스할까요?"

"아니야, 우선 리스트에 올려놔. 괜찮은 애 못 데려가면, 쟤라도 데려가야 구단에 할 말이 있지."

국내 프로 팀 선임 스카우터와 후임 스카우터의 대화는 여기까지였다.

정보는 돌고 돈다고 했던가?

이 두 남자 외에도 다른 스카우터들 역시 이들이 말한 선수들을 집중적으로 관찰하기 시작했다.

같은 시각.

모자를 깊게 눌러쓴 두 명의 외국인은 음료수를 마시며 4강전이 시작되길 기다렸다.

키가 큰 50대 정도로 보이는 외국인과 키가 작은 30대 정도로 보이는 외국인.

이때, 50대의 외국인이 옆에 앉은 30대의 외국인에게 말했다.

"루이스, 제헌고등학교 경기는 언제지?"

50대의 외국인, 파커의 질문에 루이스라 불린 30대의 외국인이 대답했다.

"제헌고등학교는 이미 결승에 올라갔습니다. 오늘 경기할 대한고등학교와 내천고등학교 중 승리한 팀과 2일 뒤에 붙습니다."

"그래? 아쉽게 됐군. 제헌고등학교의 그 녀석을 보고 싶었는데."

파커가 혀를 차며 등을 의자에 기댔다.

흥미가 식어 버렸다.

이들은 비밀리에 한국에 온 스카우터들이었다.

선임 스카우터인 파커, 그리고 후임 스카우터이자 한국어 통역사로 온 루이스.

스카우터인 이들이 할 일은 결국 영입 리스트에 작성된 선수들을 실제로 보고 정말 영입할 가치가 있는지 판단하는 것.

이들에겐 이미 영입 리스트가 있었다.

한국에서 가장 뛰어난 유망주로 구성된 그런 영입 리스트.

당연하게도 이 두 남자는 구단의 명으로 영입 리스트에 적힌 선수들을 직접 확인하기 위해 한국으로 날아온 것이다.

그리고, 파커와 루이스는 이전 경기들은 보시 못했다.

솔직히 관심도 없었다. 이들이 관심 있는 선수들은 우승 후보라 평가받는 제헌고등학교에 있었으니까.

대표적으로 제헌고의 스트라이커 황희창과 윙어 안수민이 이들의 관심 선수들이었다.

두 선수 모두 공통점이 있었다.

빠른 스피드와 좋은 돌파 능력, 투지를 지녔다는 것이다.

또한, 두 선수 모두 고등학교 수준을 뛰어넘었다는 평가를 받는 선수들이었다.

프로가 아님에도 프로에 근접한 선수들.

특히 2013년도인 지금, 한국 나이로 18세인 황희창은 소속 팀이 없는 선수 중에선 최고의 유망주였다.

실제로 황희창은 이번 대회에서도 압도적인 득점왕 페이스를 보여 주며 실력을 증명하고 있었다.

이처럼 뛰어난 유망주이기에 파커와 루이스가 한국까지 날아온 것이었다.

이들의 목표는 어떻게든 황희창을 구단으로 데려가는 것.

당연한 말이지만, 대한고등학교와 내천고등학교의 선수들은 이들의 리스트에 없었다.

"그럼… 자리를 뜰까요?"

루이스가 쩔쩔매며 조심스레 질문하자, 선임 스카우터 파커는 고개를 저었다.

"됐네. 여기까지 온 김에 경기나 보고 가지. 혹시 모르잖나, 쓸 만한 원석이 있을지도."

"알겠습니다."

두 외국인 남자의 대화는 여기까지였다.

이들은 흥미를 찾아볼 수 없는 얼굴로 경기가 시작되길 기다렸다.

그리고.

마침내 경기가 시작되고 대한고등학교가 공격을 펼쳤을 때.

"…응?"

"……!"

휘익!

뒤로 잔뜩 젖혀졌던 두 남자의 상체가 앞으로 쏠렸다.

이들은 화들짝 놀라며 경기장을 바라봤다.

"파커, 방금 보셨습니까?"

"그래, 나도 봤네. 도대체 저 친구는 누군가?"

"잠시……!"

파커의 말에 후임 스카우터인 루이스가 다급히 자료를 뒤적거렸다. 예상치 못한 상황이었지만, 자료를 찾는 루이스의 속도는 빨랐다.

비록 통역 업무 위주로 온 것이지만, 그 역시 빅클럽의 스카우터답게 일 처리는 확실했다.

"찾았나?"

"예. 저 친구의 이름은 이민혁, 포지션은 윙어, 나이는 17세입니다. 한국 나이로는 19세고요. 장점은… 스피드랑 투지, 슈팅입니다."

"그래? 스피드, 투지, 슈팅이 좋다고? 그렇다는 건… 잘하면 우리가 찾는 유형의 선수일 수도 있지 않겠나?"

"하지만 정보를 보면 작년까지는 두각을 드러내지 못했다고 합니다."

"두각을 드러내지 못했다고? 방금 같은 움직임을 보여 줄 수 있는 선수가? 그럴 리가 없을 텐데… 혹시 부상이라도 당했던 건가?"

"아뇨, 부상을 당했다는 기록은 없습니다."

"부상이 없음에도 두각을 드러내지 못했다는 건 이해가 되지 않지만, 그래도 오히려 다행이야. 부상 기록이 없다는 건 몸은 깨끗하다는 거니까. 물론 정밀검사를 해 봐야 정확하게 알 수 있겠지만 말이야."

"그래도 지켜볼 만한 선수가 나온 것 같네요."

"그래. 이민혁이라고 했나? 제법 흥미로운 친구야. 방금 보여 준 움직임이 우연이 아니었다면 말이지."

지금 이 순간, 파커와 루이스, 두 남자의 눈에 '이민혁'이라는 선수가 들어오기 시작했다.

그리고.

이민혁은 이들이 보는 앞에서 상대 풀백과 적극적으로 일대일을 하며 총 3번의 돌파를 성공시켰고, 기습적인 중거리 슈팅으로 위협적인 장면을 몇 번이나 만들어 냈다.

마침내 경기가 끝났고.

"움직이지."

"알겠습니다."

파커와 루이스는 자리에서 벌떡 일어났다.

그때였다.

이민혁은 혼자서만 어디론가 향했고, 두 남자는 그의 뒤를 쫓았다.

"파커, 이민혁의 가능성을 얼마나 높게 보십니까?"

"자네도 직접 봤으니 알겠지만, 그리 높게 보진 않아. 세계적으로 보면 동 나이에 훨씬 뛰어난 실력을 지닌 선수들이 많다는 걸 알잖아? 하지만 스피드와 슈팅이 좋다는 건 아무나 가질 수 없는 무기지. 또, 돌파를 시도하는 데 있어서 두려움이 없었어. 또, 기본기가 부족한데 특이하게도 드리블은 꽤 괜찮은 편이었지. 그리고 가장 중요한 건… 구단에서 가장 절실하게 찾던 유형이라는 거지. 나머지 부족한 부분은… 구단이 알아서 할 일이고."

"단점보다 확실한 장점이 더 크게 보인다는 말씀입니까? 구단에 데려갈 정도로요?"

"맞아. 트래핑과 같은 기본기에서 부족한 부분이 많이 보이긴 하지만, 구단에서 키워 볼 만한 가치는 있는 선수야. 또, 나이도 조금 많은 편이긴 하지만, 17세면 완전히 성장이 끝날 나이는 아니지. 그리고 동양인은 보통 성장이 느린 편이니 충분히 가능성은 있어."

"가공 후의 결과를 예측할 수 없는 원석이라는 것이군요?"

"그렇지."

두 남자의 대화는 더 이어지지 않았다.

화장실 입구에서 대화의 주인공이 걸어 나왔기 때문이었다.

*   *   *

'뭐야, 이 사람들은?'

이민혁이 의심 가득한 눈으로 정면을 바라봤다.

그의 앞엔 모자를 깊게 눌러쓴 외국인들이 서 있었다.

갑자기 손을 내미는 바람에 얼떨결에 악수하기는 했지만, 아무리 봐도 수상한 겉모습들을 하고 있었다.

게다가.

'화장실 앞에서 기다린 것 같잖아?'

분명 초면인데 다짜고짜 화장실 앞에서 기다린다? 그것도 외국인이?

'장기 털리는 거 아니야?'

이민혁의 눈엔 두 명의 외국인이 너무나도 수상하게 보였다.

게다가 자신을 '미스터 리'라고 부르지 않았던가.

'내 이름을 알고 있었어. 이거 설마 진짜 날 납치하려고……?'

앞에 있는 외국인들이 스카우터들일 거라는 생각은 조금도 하지 못했다.

그래서.

이민혁은 경계심이 가득 담긴 말을 뱉어 냈다.

"당신들 누구냐고!"

그때였다.

"진정하세요. 우린 이상한 사람들이 아닙니다. 그리고 저는 루이스라고 합니다."

키가 작은 외국인, 루이스가 양쪽 손바닥을 들어 보이며 말했고, 이민혁은 단숨에 그 말을 알아들을 수 있었다.

"뭐야? 한국말 할 줄 알아요?"

"아, 저만 할 줄 압니다. 옆에 계신 분은 한국말을 모릅니다."

"루이스라고 했죠? 저한텐 무슨 볼일이시죠? 제 이름은 또 어떻게 알았고요?"

"아… 그 부분은 천천히 설명해 드리겠습니다. 그전에 우선 옆에 계신 이분께서 먼저 할 말이 있다고 합니다. 제가 실시간으로 통역을 해 드릴 테니, 잠시만 대화를 나눌 수 있을까요?"

"이분이요……?"

이민혁의 시선이 키가 큰 외국인에게로 향했다.

'키가 엄청 크네.'

190㎝는 넘을 듯한 큰 키에 부리부리한 눈빛을 지닌 남자였다. 본능적으로 무언가 평범한 사람은 아닐 것 같다는 아우라가 보였다.

멋있게 나이 먹은 외국 영화배우 느낌. 딱 그런 느낌이었다.

그리고 지금.

키가 큰 남자가 알아들을 수 없는 언어로 무언가를 말했고.

자신을 루이스라 소개한 남자가 그 말을 통역했다.

"정식으로 인사드리죠. 제 이름은 파커, FC 바이에른 뮌헨의 수석 스카우터입니다."

"…예?"

이민혁의 눈이 커졌다.

'이게 지금 무슨 일이야?'

자신을 파커라고 소개한 남자는 자신을 바이에른 뮌헨의 수석 스카우터라고 소개했다.

수상한 외국인으로 봤던 남자가 독일 분데스리가의 최강팀 바이에른 뮌헨에서 온 사람이었다니!

하지만.

'침착하자.'

이민혁의 커졌던 눈이 가늘게 변했다.

눈앞의 남자들이 사기꾼일 가능성도 배제해선 안 된다고 생각했다.

"통역해 주시는 분, 루이스라고 했죠?"

갑작스러운 호출에 루이스가 한 발자국 앞으로 다가오며 대답했다.

"예, 무슨 일이시죠?"

"당신들이 바이에른 뮌헨에서 온 사람들이라고요? 게다가 여기 있는 이 키 큰 분은 바이에른 뮌헨의 수석 스카우터라고요?"

"맞습니다. 파커는 저의 선임 스카우터이자, 바이에른 뮌헨의 수석 스카우터죠."

"그걸 어떻게 믿죠?"

이민혁이 의심스러운 눈빛으로 파커와 루이스를 쳐다봤다.

그러자 루이스가 당황한 얼굴로 무언가를 말했고, 파커가 직접 움직였다.

그는 지갑에서 명함을 꺼내 들곤 이민혁에게 내밀었다.

"'이 명함을 보면 믿을 수 있나요?'라고 하시네요."

루이스의 통역을 들으며 파커가 내민 명함을 받아 들었다.

외국인들을 의심하고 있었기에, 이민혁은 명함을 자세히 살폈다.

그러나.

'봐도 모르겠네.'

아무리 살펴봐도 앞에 선 양반들이 사기꾼인지 아닌지 확인하긴 어려웠다.

그때였다.

"이민혁 씨? 우리를 의심하시는 것 같은데, 혹시 '구굴'에 '바이에른 뮌헨 수석 스카우터'라고 검색해 보시겠습니까?"

세계 최고의 포털사이트인 '구굴'에 직접 검색해 보라는 루이스의 말.

이민혁은 그 말을 듣자마자 바로 실행에 옮겼다.

분명 의심스럽긴 했지만, 만약 진짜라면 이건 대박이었으니까.

그리고.

마침내 '바이에른 뮌헨 수석 스카우터'를 검색한 이민혁의 얼굴이 딱딱하게 굳었다.

입은 떡 벌어지고 눈은 앞에 서 있는 파커의 얼굴에 고정된 채, 아무런 말을 하지 못했다.

그럴 수밖에 없었다.

'미친, 진짜였어……?'

앞에 있는 파커라는 양반의 얼굴이 구글에 떡하니 떠 있었으니까.

진짜… FC 바이에른 뮌헨의 수석 스카우터가 맞았으니까.

지금 이 순간, 이민혁의 머리가 빠르게 돌아가기 시작했다.

바이에른 뮌헨의 스카우터가 왜 한국에 있을까? 그것도 전국 고교축구대회가 펼쳐지고 있는 이곳에? 설마 한국 선수들을 영입하려고? 그럼 나한테 접근한 이유도 영입 때문에……?

잠깐의 시간이지만, 상상의 나래가 펼쳐졌고, 그 흐름을 끊은 건 루이스의 목소리였다.

"파커는 이민혁 씨한테 관심이 있다고 합니다."

"지, 진짜요? 저한테요?"

"예, 이민혁 씨를 바이에른 뮌헨으로 데려가고 싶다고 말씀하셨습니다."

"정말요? 그럼… 제가 바이에른 뮌헨에서 뛸 수도 있다는 건가요?"

이민혁은 파커를 바라보며 말했고.

루이스가 빠르게 통역을 한 뒤, 파커를 대신해 입을 열었다.

"맞습니다. 우린 이민혁 씨에게 바이에른 뮌헨의 선수가 되어 달라는 제안을 하러 왔습니다."

이민혁이 파커에게 말하고, 루이스가 파커의 말을 바로 통역해 주는 대화.

이들은 이런 대화 방법을 이어 갔다.

"이건… 믿기지가 않아요."

"그럼 제가 바이에른 뮌헨의 수석 스카우터라는 건 믿으시겠습니까?"

"예, 그건 믿을 수 있을 것 같아요. 인터넷에 당신의 얼굴이 떡하니 나오니까요."

"믿어 주셔서 감사합니다. 이제야 대화가 되겠군요."

파커가 씨익 웃으며 말을 이었다.

"현재 바이에른 뮌헨에선 팀의 주전이 될 윙어를 찾고 있습니다."

주전이 될 윙어라고?

파커의 말을 들은 이민혁의 머릿속엔 두 남자의 얼굴이 떠올랐다.

"바이에른 뮌헨엔 프랑크 리베리와 아르옌 로번이 있잖아요?"

프랑크 리베리, 그리고 아르옌 로번.

세계적으로 유명한 월드클래스 선수들이자, 바이에른 뮌헨 공격의 핵심이라 불리는 두 명의 윙어였다.

각각 왼쪽과 오른쪽 측면에서 상대를 철저히 부숴 버리는 무시무시한 선수들.

이처럼 세계적인 팀인 바이에른 뮌헨에서도 부동의 주전으로 활약하는 이들이 있는데, 주전 윙어를 찾는다니?

이민혁이 고개를 갸웃거리며 파커를 바라봤다.

그때, 파커가 웃으며 머리를 긁적였다.

"제가 '미래'라는 말을 빼먹었군요. 허허! 나이를 먹다 보니 이렇게 실수를 합니다. 방금 말씀하신 프랑크랑 아르옌은 현재 바이에른 뮌헨의 주전이죠. 그리고 바이에른 뮌헨은 제2의 프랑크 리베리, 아르연 로번을 찾고 있습니다."

그제야 이민혁이 수긍했다.

역시 지금의 로번과 리베리를 밀어내고 주전이 되는 건 말이 안 되는 일이었다.

하지만 그런 파커의 말에도 당황스러운 건 마찬가지였다.

"저한테 그 선수들의 뒤를 이을 자격이 있다는 건가요……?"

자신이 누구던가.

늘 머저리 취급을 받고, 이번 대회에서 뛰기 전까지 실전에 투입되지 않던 선수이지 않은가.

비록 이번 대회에서 기회를 얻고, 좋은 활약을 펼치고 있긴 하지만… 그래도 로번과 리베리의 뒤를 이을 선수라니.

솔직히 가당치도 않은 말이라고 생각했다.

한데, 파커가 고개를 저었다.

"아뇨, 냉정하게 말하면 아직은 아닙니다. 현재 이민혁 씨의 실력은 바이에른 뮌헨에서 뛰기엔 턱없이 부족합니다. 그러나! 말 그대로 현재의 실력이 부족하다는 겁니다. 미래의 이민혁 씨가 어떤 선수가 될지는 그 누구도 알 수 없죠. 가능성. 전 이민혁 씨에게서 가능성을 봤습니다. 리베리와 로번이 가지고 있는, 빠른 스피드와 과감하게 돌파를 시도할 수 있는 단단한 심장, 그리고 골을 넣을 수 있는 슈팅 능력까지. 만약 이민혁 씨가 세계 최고의 선수 육성 시스템을 가진 바이에른 뮌헨에 온다면 과연 어떤 선수가 될지, 저는 그게 궁금합니다."

"……."

이민혁이 멍하니 파커를 바라봤다.

바이에른 뮌헨이라니!

게임이나 TV에서나 보던 팀이었다.

그런 대단한 곳에서 영입 제안을 받을 줄이야…….

상상으로만 겪었던 일이 현실이 되자 너무나도 비현실적으로 느껴졌다.

"급하게 생각하실 필요는 없습니다. 부모님과도 대화를 해 보고, 깊이 생각해 보세요. 한 가지 부탁이 있다면, 우리가 한국에 있는 기간 안에 연락을 주시길 바랍니다."

"…독일로 언제 돌아가시는데요?"

"앞으로 3일 뒤입니다. 이민혁 씨의 팀인 대한고등학교와 제헌고등학교의 결승전이 열리는 다음날이죠."

"…이게 정말 무슨 일인지… 그, 그때까지 결정해서 연락드릴게요. 이 명함에 있는 번호로 전화하면 되는 거죠?"

얼떨떨한 이민혁의 반응에 파커가 웃으며 고개를 끄덕였다.

"예, 그 번호로 연락하시면 됩니다. 그리고 대회 결승에 오른 것 축하드립니다."

"…감사합니다."

　

*　　　　　*　　　　　*

　

바이에른 뮌헨의 스카우터들과 대화를 마친 뒤.

"뭐야? 어디 갔다가 이제 오는 거야?"

"화장실이 급해서 다녀왔습니다."

이민혁은 강철중 감독의 말에 대답하며 생각했다.

자신이 알고 있는 감독이라면 여기서 화를 낼 거라고.

'감히 팀이 결승에 올랐는데, 같이 축하하지는 못할망정 혼자 쏙 빠져서 삐대다가 와? 너, 미쳤냐?'와 같은 말을 뱉어 낼 거라고.

그러나.

지금의 강철중 감독은 화를 내지도, 불편한 기색을 내비치지도 않았다.

그는 그저 허허 웃으며 이민혁의 어깨를 두드렸다.

"그래, 그래. 화장실이 급하면 다녀와야지. 그거 참으면 병 된다? 이민혁이 너, 오늘 경기력 아주 괜찮았어. 근데 슈팅은 더 확실한 기회에서만 때려, 알겠지?"

"알겠습니다."

호칭도 머저리, 만년 후보, 진드기에서 이제는 '이민혁이 너'로 바뀌었다.

바보 취급 받지 않는 것, 팀에 도움이 되는 것, 경기에 뛸 수 있게 되는 것과 같은, 그토록 바라던 일들을 이뤄 냈지만 이제 큰 감흥은 없었다.

지금, 이민혁의 머릿속엔 두 가지 일들만이 자리를 잡고 있었다.

바이에른 뮌헨.

그리고 이틀 뒤에 열릴 결승전.

불과 한 달 전만 해도 자신과 관련이 없었던 일들이지만.

이젠 이민혁에게 현실로 다가온 일들이었다.

'나한테 이런 일들이 생길 줄이야.'

머릿속이 복잡해졌다.

다음 날도 여전히 머릿속이 복잡했다. 떨리는 마음에 잠도 제대로 자지 못했다.

동료들은 아직도 기뻐하며 결승에 오른 것을 자축하고 있지만, 이민혁은 그러지 못했다.

후우!

이민혁이 숨을 크게 내쉬었다.

과분한 일들이 벌어지고 있기에 떨리는 건 어찌 보면 당연했다.

하지만 더는 흔들리고 싶지 않았다.

이제부턴 마음을 비우고 자신에게 벌어지는 일들을 즐기고자 다짐했다.

그리고.

마음을 비우는 데엔 가장 좋은 방법이 있다.

'훈련하자.'

늘 그랬듯 땀을 흘리는 것이다.

*   *   *

전국고교축구대회 결승전이 펼쳐지기 하루 전.

"어휴, 아직도 훈련하고 있는 거야?"

제헌고등학교 3학년. 안수민의 눈에 한 소년의 모습이 보였다.

소년은 모두가 자는 시간임에도 홀로 공을 차고 있었다.

안수민은 못 말리겠다는 표정으로 그의 이름을 불렀다.

"황희창!"

"어? 형, 왔어요?"

"너, 감독님한테 걸리면 어쩌려고 그래? 감독님이 내일 결승이니까 오늘은 무리하지 말고 푹 쉬라고 했잖아."

팀의 주장이자, 황희창과 함께 제헌고등학교 최고의 선수라고 불리는 안수민.

그는 무거운 분위기를 잡고 황희창을 노려봤다.

그러자 순식간에 어지간한 후배들은 바로 벌벌 떨 만한 분위기가 잡혔다.

하지만.

"에이~ 그냥 몸이나 푸는 건데요, 뭘."

황희창에겐 통하지 않았다.

그는 무거운 분위기를 느끼지 못하는 사람처럼 순박하게 웃으며 안수민을 바라봤다.

'이 자식은 깡다구가 왜 이렇게 센 거야?'

그 모습을 본 안수민이 분위기를 풀었다.

어차피 통하지 않을 상대라는 걸 알기에, 빠르게 포기한 것이다.

"감독님이 너를 얼마나 애지중지하는지 알잖아? 그리고 네 실력이면 좀 적당히 해도 돼, 인마."

"그래도 혹시 모르잖아요. 대비 안 하고 있다가 상대가 생각보다 더 강하게 나오면 당황할 수도 있거든요. 그렇게 되면 경기가 말리겠죠. 지게 될 수도 있고요. 전 혹시나 생길 그런 그림을 아예 차단하고 싶어요. 그러려면 누구를 상대해도 실력 발휘를 할 수 있게 항상 준비를 해야 해요."

"모르긴… 에휴~! 희창아, 그거 너만 모른다? 결승 올 때까지 상대편을 다 발라 버렸으면서 모르긴, 뭘 몰라? 내가 장담하는데 내일도 다른 경기들이랑 똑같을 거야. 내가 어시스트하고 네가 골 넣거나, 너 혼자 다 뚫고 골 넣거나. 그냥 이거 둘 중 하나야."

"알겠어요. 그럼 어차피 이길 거, 더 확실하게 이기기 위해서 공 좀 더 만지다 들어갈게요."

"황희창 너……! 아유! 그래, 내가 졌다, 졌어! 이 황소고집을 누가 꺾겠냐. 감독도 못 말리는데, 일개 주장인 내가 말릴 수 있을 리가 없지. 그냥 너 하고 싶은 대로 하세요."

"흐흐! 이해해 줘서 고마워요."

주장이라는 자리는 하기 싫은 것도 해야 할 때가 있다.

지금도 그랬다.

안수민은 애써 무거운 표정을 지으며 황희창에게 경고했다.

"대신 내일 골 못 넣으면, 밤에 몰래 훈련한 거 감독님한테 말할 거다?"

꼭 골을 넣으라는 경고.

웬만한 선수들은 부담감을 느낄 내용의 경고였다.

하지만.

이번에도 황희창에겐 통하지 않았다.

"골을 못 넣는다고요? 에이, 그럴 일은 없을 거니까 걱정하지 마세요."

다음 날.

4강전에 그랬던 것처럼, 아니, 4강전보다 훨씬 더 많은 관중이 경기장을 메웠다.

국내 프로 팀 스카우터들 역시 4강전 때보다 훨씬 더 날카로운 눈으로 경기장을 바라봤다.

그리고 지금.

전국고교축구대회 결승에 오른 양 팀.

대한고등학교와 제헌고등학교 선수들이 경기장에 입장했다.

*　　　　*　　　　*

전국고교축구대회 결승전.

전국에서 난다 긴다 하는 팀 중 최고를 가리는 이 경기는 스카우터들과 국내 프로 팀, 축구 관계자들의 관심을 받을 수밖에 없다.

게다가 이 경기는 또 하나의 흥미로운 점이 있었다.

"오늘 누가 이길까?"

"당연히 제헌고등학교지. 대한고는 제헌고한테 상대도 안 될걸?"

"근데 축구는 붙기 전까진 모르잖아? 그리고 대한고도 제법 잘하던데? 또, 잘하는 팀들을 다 이기고 올라왔잖아."

"물론 대한고등학교 경기력이 끈적하고 상대를 질리게 만들기는 해. 선수들 열정도 장난이 아니고. 근데, 제헌고는 수준이 다르다니까?"

대회가 시작되기 전부터 이미 우승 1순위 후보라고 소문이 자자했고, 실제로 대회가 시작되자 압도적인 경기력으로 상대를 손쉽게 무너뜨리며 결승까지 올라온 제헌고등학교.

그리고.

그저 그런 팀이라 불리고 대회 16강에도 오르기 힘들 거라고 평가받았지만, 기적적인 역전승과 넘치는 투지로 꾸역꾸역 결승에 오른 대한고등학교.

이 두 팀이 맞붙는다는 건 사람들의 흥미를 진하게 끌어냈다.

제헌고등학교가 예상대로 대한고등학교를 찍어 누르고 우승을 할지.

아니면 대한고등학교가 예상을 깨고 제헌고등학교를 기적적으로 꺾어 낼지.

관중석에 앉은 사람들은 흥미가 가득 담긴 눈으로 경기장에 입장하는 선수들을 바라봤다.

"오! 곧 시작하겠다!"

"어? 저기! 쟤가 황희창 맞지? 겁나 잘한다는 애."

"쟤 맞아."

"쟤가 진짜 그렇게 잘해?"

"말도 마. 그냥 황소라고 보면 돼. 피지컬이 고등학생 수준이 아니야. 그냥 부딪치면 다 튕겨 나간다니까?"

"힘으로만 하는 스타일이야?"

"아니, 그렇진 않아. 힘이 좋은데, 영리해. 거기다 기본기랑 기술도 좋아서 고등학교 수준에서는 사실상 적수가 없다고 봐도 돼."

"오… 그 정도라고? 확실히 잘하긴 하나 보네. 그… 누구더라? 아, 맞다. 제헌고에 안수민인가? 걔도 잘한다며?"

"안수민도 잘하지."

"윙어? 윙어 맞지?"

"맞아, 안수민은 윙어치곤 스피드가 좀 느리다는 단점이 있는데, 패스랑 연계플레이가 워낙 좋아서 단점이 도드라지지 않는 선수야. 특히 크로스가 일품이지."

"전형적인 장점으로 단점을 지워 버린 케이스구만. 요즘 황희창이랑 안수민은 프로행이 거의 100%라는 소문이 들리던데, 얘네 정도면 어디로 가려나? EPL이나 분데스리가, 라리가도 노려 볼 수 있으려나?"

"야, EPL, 분데스리가, 라리가가 무슨 뉘 집 개 이름이냐? 거긴 수준이 다른 곳들이야. 해외는 무슨, 그냥 국내 리그로 가겠지."

"그런가? 난 안수민은 몰라도 황희창은 엄청 잘한다길래 빅리그에 갈 수도 있을 거라고 생각했지."

"아서라. 빅리그는 어지간해선 가기 힘든 곳인 거 알잖아."

"그건 그렇지. 그나저나 이변이 없으면 오늘 대한고는 어려운 경기를 하겠네?"

"어려운 정도가 아닐걸? 아주 제대로 잘못 걸렸지. 대한고 입장에선 힘겹게 결승에 올라왔는데, 하필이면 결승에서 만난 상대가 지금까지 붙은 팀이랑은 비교도 안 되는 강한 팀이니까."

"그래도 혹시 모르지 않을까? 대한고등학교도 어찌 됐건 결승까지 올라온 팀이잖아?"

"말했잖아. 제헌고등학교는 수준이 다른 팀이라고. 저번에 듣기론 대학팀한테도 크게 안 밀리고 비등하게 붙는다더라. 대학팀이면 프로까진 아니어도 꽤 근접한 수준은 되거든? 그게 무슨 뜻이겠어? 대한고는 오늘 지옥을 경험하게 될 거라는 거지."

관중들은 대부분 비슷하게 예상했다.

대한고등학교는 패배할 거라고.

제헌고등학교가 압도적으로 승리하며 우승을 차지할 거라고.

그리고 이때.

스윽!

심판이 손에 쥔 호루라기를 입으로 가져갔다.

삐이이익!

경기장에 울려 퍼진 휘슬소리.

자리에 서 있던 선수들이 기름을 넣은 차처럼 움직이기 시작했다.

"가 보자! 우승까지 가 보자고!"

"할 수 있다! 대한고!"

"최강 제헌고! 오늘도 이기자!"

지금 이 순간, 많은 사람이 지켜보고 있다는 부담감이 선수들의 머릿속을 파고들었지만.

우승이라는 영광을 얻고 싶다는 마음이 더욱 컸다.

그래서일까?

양 팀 선수들 모두 부드러운 초반 움직임을 보여 줬다. 실수도 잘 나오지 않았다. 양 팀 모두 연습한 대로의 실력을 그대로 드러냈다.

그리고.

의외로 첫 번째 기회를 잡은 건 대한고등학교였다.

"철수 선배! 받으러 와 줘요!"

"오케이!"

최준의 외침에 김철수가 달리던 속도를 높였다.

이어서 김철수는 최전방에서 제헌고의 수비수에게 묶여 있는 최준에게서 공을 받아 냈다.

투욱! 김철수에게로 공이 넘어가자, 제헌고의 수비형 미드필더와 수비수, 총 2명이 달려들었다.

이에 김철수는 욕심을 부리지 않고 빠르게 공을 넘겼다. 압박이 너무 세서 더 버티는 건 무리라고 판단했다.

"아오! 엄청 달라붙네!"

김철수가 짜증을 내며 밀어 낸 공은 대각선으로 향했고, 그곳으로 달려오던 선수는 이민혁이었다.

제헌고등학교의 압박은 곧바로 이어졌다.

이민혁이 공을 3초 이상 잡지 못하게 하겠다는 듯 2명의 선수가 동시에 달려들었다.

'이제 알겠네.'

이민혁은 이걸로 알 수 있었다.

제헌고등학교가 경기 초반부터 강한 압박을 펼치는 전술을 들고나왔다는 걸.

저 압박을 이겨 내지 못하면 오늘 경기가 힘들어질 거라는 걸.

'어떻게든 이겨 내야 해!'

제헌고의 압박은 너무 강했다.

호흡이 좋고 기량까지 좋은 선수 2명이 덤벼드니 대한고등학교 선수들로선 이겨 내기 힘든 수준이었다.

그래도 이기려면 압박을 풀어 내야 했다.

그리고.

대한고등학교 선수들은 이 압박을 이겨 낼 방법을 알고 있었다.

당연하게도 이민혁 역시 그걸 알고 있었다.

'개인 능력으로 2명을 모두 뚫어 버리거나, 동료와의 연계플레이로 뚫어야겠지.'

여기서 이민혁이 선택한 건 동료와의 연계였다. 1명이라면 모를까, 상대 2명을 뚫어 내는 건 너무 큰 도박이었으니까.

투욱! 탓!

이민혁은 공을 받으러 와 준 강민호에게 패스한 뒤 제헌고의 측면으로 뛰어들며 소리쳤다.

"강민호! 리턴!"

강민호는 바로 리턴패스를 뿌렸다. 그 순간 이민혁의 머릿속엔 '통했다'라는 말이 떠올랐다. 동료와 스피드를 이용한 돌파 시도였고, 타이밍이 너무 좋았다.

그런데.

'…이런!'

강민호의 패스가 생각보다 짧았다. 이민혁이 공을 다시 잡자마자 상대 풀백이 어깨를 부딪쳐 왔을 정도로.

퍼억!

"큭!"

이민혁의 몸이 휘청였다. 강한 고통이 느껴지며 숨이 턱 막혔다. 하지만 넘어지진 않았다.

최근 최준, 동료들과의 일대일 훈련 효과였다. 단단한 친구들과 여러 번 부딪혀 본 경험이 큰 도움이 됐다.

상대 풀백이 계속해서 압박을 해 왔지만, 이민혁은 자세를 낮추고 중심을 지켜 냈다. 이어서 땅을 박차고 뛰어나갔다.

타다닷!

폭발적으로 달려 나가는 이민혁의 움직임에 당황한 건 제헌고의 풀백이었다.

"미친! 왜 저렇게 빨라?!"

제헌고의 풀백은 이민혁의 뒤를 쫓았지만, 점점 더 벌어지는 거리를 보며 좌절했다.

기어코 측면을 뚫어 낸 이민혁이 계속해서 공을 몰고 침투했다.

만약 상대 중앙수비수가 뛰쳐나왔으면 바로 크로스를 올릴 생각이었지만, 상대 중앙수비수는 자리를 지키는 걸 선택했다.

"빨리 복귀해!"

다급해진 제헌고의 중앙수비수가 고함을 쳤다.

이에 제쳐진 제헌고 풀백이 빠르게 이민혁을 향해 달려왔다.

그러나 이민혁은 이미 제헌고의 페널티박스 라인까지 접근한 상태.

이쯤 되자 상대 중앙수비수는 어쩔 수 없이 이민혁을 향해 달려들었다.

"아오! 그냥 내가 막을게!"

중앙수비수 하나가 자리를 비우고 측면으로 달려 나왔다는 것.

그건 대한고의 공격수 중 하나는 자유를 얻는다는 뜻이었다.

그리고.

자유를 얻은 선수는 최준이었다.

"최준!"

상대 중앙수비수가 달려오는 걸 본 이민혁은 자유롭게 서 있는 최준을 향해 빠른 땅볼 패스를 뿌렸다.

퍼어엉!

거의 슈팅에 가까울 정도로 강하게 때려 낸 패스였지만, 이민혁은 불안하지 않았다.

'최준이라면 받을 수 있어.'

최준의 기량이라면 충분히 받아 낼 수 있을 거라고 믿었으니까.

이민혁의 믿음은 틀리지 않았다.

퍼어엉—

최준은 이민혁이 보낸 공을 향해 좋은 임팩트로 다이렉트 슈팅을 때려 내는 것에 성공했다.

어지간해선 골이 될 만한 그런 강력한 슈팅이 쏘아졌다. 그것도 골대 근처에서 나온 슈팅이었다.

그러나, 아쉽게도 공은 제헌고의 골키퍼가 서 있는 중앙으로 향했다.

조금만 더 왼쪽이나 오른쪽으로 치우쳐서 날아갔으면 그대로 골이 됐을 슈팅이었건만, 하필이면 중앙이었다.

퍼엉!

결국, 제헌고의 골키퍼가 공을 멀리 걷어 냈고.

"아오!"

최준이 아쉬움 가득한 얼굴로 머리를 쥐어뜯었다.

그는 실력이 좋은 선수이기에 상대의 실력을 보는 눈도 있었다. 경기가 시작된 지 얼마 되지 않았지만, 상대의 실력은 충분히 느껴졌다.

"이건 꼭 넣었어야 했는데……!"

상대인 제헌고등학교는 대한고등학교보다 강하다. 그것도 훨씬 더.

선제골을 넣었으면 그나마 분위기라도 가져왔을 거라는 걸 알기에 아쉬움은 더욱 컸다,

반면, 최준에게 좋은 기회를 만들어 줬던 이민혁은 덤덤했다.

분명 골이 되지 않은 건 아쉽지만, 기회 한 번에 골이 되는 경우가 얼마나 있겠는가.

적어도 이민혁의 삶에서 그런 경우는 없었다.

두드리고 또 두드려야 기회가 찾아오는 삶을 살아 왔기에, 지금 역시 아쉬움보단 다음 기회를 만들어 낼 방법에 대한 생각만 가득했다.

'방금은 내 패스가 너무 셌어. 골키퍼가 잘 막기도 했고. 다음엔 좀 더 받기 좋게 주든가, 아니면 중앙수비수까지 제쳐 버리고 직접 슈팅을 시도해 봐야겠어.'

더 좋은 기회를 만들어 내겠다는 이민혁의 의지는 강했다.

단순히 의지만 강한 건 아니었다. 공이 없을 때도 끊임없이 움직이며 기회를 찾았고, 기어코 더 좋은 기회를 만들어 냈다.

탓! 강민호가 건네준 공을 받은 이민혁이 빠르게 공을 치고 달렸다. 상대 2명이 압박을 해 오기 전에 더 먼저 움직이기로 한 것이다. 이 방법은 효과적이었다.

워낙 빠른 속도를 지녔고, 현재 80이라는 드리블 능력치를 가진 이민혁은 상대 풀백과의 일대일을 이겨 내는 것에 성공했다.

휘익! 투욱!

단숨에 풀백을 제치고 파고든 이민혁이 몸을 틀었다. 이전과는 달리 오른쪽 측면 깊숙이 파고들 생각이 없었다. 이번엔 스스로 마무리를 할 생각이었다.

30m… 25m.

골대와의 거리는 점점 더 가까워졌다.

상대 중앙수비수가 다시 한번 튀어나오려고 했지만, 최준이 그걸 막아 줬다.

"민혁 선배! 오케이! 좋아요! 지금 그대로 찔러 주면 돼요!"

쉴 새 없이 떠들어 대는 최준 때문에 제헌고 중앙수비수는 차마 자리를 비울 수가 없었다.

'최준, 나이스.'

씨익!

이민혁의 입꼬리가 올라갔다.

동시에 공을 향해 다리를 휘둘렀다.

발등으로 강하게 때려 내는 슈팅.

퍼어엉!

'됐어!'

제대로 맞았다는 게 느껴졌다.

이런 느낌이 올 때는 어지간해선 골키퍼가 막기 힘든 슈팅이 나간다. 운이 나쁘다면 골대 중앙으로 날아가겠지만, 지금은 운도 따랐다.

[20% 확률로 '예리한 슈팅' 스킬 효과가 발동됩니다!]
[슈팅의 정확도가 대폭 상승합니다.]

예리한 슈팅.

슈팅의 정확도를 대폭 상승시켜 주는 스킬 효과.

이 효과가 발동된 이민혁의 슈팅은 제헌고등학교의 골대 안쪽 구석에 그대로 박혀 버렸다.

철렁!

골키퍼가 몸을 날렸지만, 공이 골대 안으로 파고드는 게 더 빨랐다.

대한고등학교의 선제골.

그 믿을 수 없는 일이 벌어진 순간, 관중석에서 들려오던 소음이 사라졌다.

모두들 입을 꾹 다물고 골을 넣은 이민혁의 뒷모습을 바라봤다.

그리고 지금.

골을 넣은 이민혁은 아무런 세리머니도 하지 않고 있었다.

그저 우뚝 선 채, 정면을 바라보고 있었다.

'미친⋯⋯.'

세리머니를 일부러 안 한 게 아니었다.

할 수가 없었다.

계속해서 떠오르고 있는 메시지들.

그것들을 보느라 정신이 없었으니까.

[퀘스트를 완료하셨습니다!]

[퀘스트 내용: 전국고교축구대회 결승전에서 골을 기록하세요.]

[보상으로 경험치가 대폭 증가합니다.]

[퀘스트를 완료하셨습니다!]

[퀘스트 내용: 전국고교축구대회 결승전에서 공격포인트를 기록하세요.]

[보상으로 경험치가 대폭 증가합니다.]

[퀘스트를 완료하셨습니다!]

[퀘스트 내용: 전국고교축구대회 결승전에서 일대일 돌파를 성공시키세요.]

[보상으로 경험치가 대폭 증가합니다.]

[퀘스트를 완료하셨습니다!]

[퀘스트 내용: 전국고교축구대회 결승전에서 선제골을 기록해 팀의 기세를 끌어올리세요.]

[보상으로 경험치가 대폭 증가합니다.]

[퀘스트를 완료하셨습니다!]

[퀘스트 내용: 전국고교축구대회 결승전에서…….]

…….

*　　　　　*　　　　　*

"와……."

이민혁이 감탄했다.

우승 후보라는 제헌고등학교를 상대로 멋진 골을 넣었음에도 세리머니를 할 정신이 없을 정도로.

골을 넣자마자 좌르르륵 떠오른 눈앞의 메시지들 때문이었다.

각종 퀘스트를 깼다는 메시지가 떠올랐고.

이어서 레벨이 올랐다는 메시지가 떠올랐다.

[레벨이 올랐습니다!]

[레벨이 올랐습니다!]

무려 2개의 레벨업이었다.

레벨업에 많은 경험치가 필요한 25레벨이었음에도 2개의 레벨이 오르다니.

지금 이 순간, 이민혁이 할 말은 하나밖에 없었다.

"개꿀인데?"

개꿀이라는 말이 저절로 튀어나왔다.

"너무 반갑네."

마침 스탯 포인트를 간절히 원하던 참이었다.

다른 경기도 아닌 제헌고와의 경기였다.

그것도 전국고교축구대회 결승전이었다.

팀에게 더 도움이 되고, 팀이 승리하기 위해서라면 자신이 조금이라도 빠르게 능력치를 올려야 하는 상황이라는 걸 알았다.

그래서.

이민혁은 곧바로 스탯 포인트를 사용했다.

[스탯 포인트 2를 사용하셨습니다.]
[패스 능력치가 2 상승합니다.]
[현재 패스 능력치는 60입니다.]

[스탯 포인트 2를 사용하셨습니다.]
[탈압박 능력치가 2 상승합니다.]
[현재 탈압박 능력치는 61입니다.]

눈엣가시였던 50대의 능력치들.

분명 필요한 능력치들이었지만, 우선순위에 밀렸다는 이유로 올리지 못했던 능력치들을 드디어 올렸다.

이전과 같이 드리블에 투자하지 않은 데에는 이유가 있었다.

드리블 능력치 80을 찍은 이후로 느낀 게 있었기 때문이었다.

'분명 드리블 능력치가 오르면서 연습효과가 훨씬 좋아졌어. 문제는 아직 내 드리블 실력이 능력치를 따라가지 못하는 느낌이야.'

80이라는 드리블 능력치에 비해 실력이 따라가지 못하는 느낌.

지금 상태에서 드리블 능력치를 더 올려 봤자 큰 차이가 없을 것 같은 느낌.

그런 느낌을 받고 나서 잠시 드리블 능력치를 올리는 것을 보류하겠다고 다짐했고.

적어도 능력치에 맞는 드리블 실력을 지니게 되었을 때, 그때 드리블 능력치를 다시 올리겠노라 다짐했다.

동시에 확신했다.

60이 넘게 된 패스와 탈압박 능력은 분명 큰 도움이 될 거라는 걸.

*　　　　*　　　　*

이민혁의 생각은 틀리지 않았다.

능력치가 60이 된 패스는 확실히 체감이 달라졌다. 이전과는 느낌 자체가 달랐다.

이전엔 패스할 때마다 '원하는 곳으로 안 가면 어쩌지?'라는 생각이 들었다면, 이제는 '얼추 비슷하게 보낼 수 있겠다'라는 생각이 들 정도로.

확실히 달라졌다.

그리고.

처음으로 올려 본 탈압박 능력치.

축구에서 탈압박이란 공을 가지고 있는 상태에서 상대의 압박을 벗어나는 걸 의미하는데, 이 탈압박 능력치가 좀 특별했다.

아니, 많이 특별했다.

'드리블 능력치는 공을 운반하는 능력이 좋아지는 거고, 탈압박은 공을 만지는 능력 자체가 좋아진 느낌이야. 그래도 트래핑이랑 터치까지 좋아진 건 좀 충격인데?'

탈압박이 61이 되자 바뀐 건 단순히 상대의 압박을 벗어나는 능력만 좋아진 게 아니었다.

'이걸 이제야 알다니… 아니지, 이제라도 알게 돼서 다행인 건가?'

터치.

조금이지만 공을 만지는 능력 자체가 좋아졌다.

동료가 건네주는 땅볼 패스를 더 부드럽게 받을 수 있게 됐고, 높게 날아오는 공을 트래핑하는 능력도 분명히 좋아졌다.

꾸준한 훈련으로도 크게 좋아지지 않던 트래핑이었건만…….

드디어 해답을 찾은 느낌이었다.

'좋아. 앞으로 레벨이 오를 일은 많을 것 같으니까.'

바이에른 뮌헨 스카우터들과의 만남이 없었다면 모르겠지만.

파커의 명함을 들고 있는 지금은 아무런 걱정이 없었다. 무대
가 어디가 되든 간에 최소한의 기회는 얻을 수 있을 테니까.

삐이이익!

경기가 재개된 이후, 이민혁은 계속해서 측면을 뛰어다녔다.

상대 윙어와 풀백이 공을 잡을 때마다 적극적으로 달려들며
압박했다.

하지만 상대는 제헌고등학교였다.

선제골을 허용하긴 했지만, 이들의 움직임은 날카로웠다. 결승
까지 올라온 대한고등학교 선수들이 당황할 정도로.

"페인팅에 속지 마! 눈 똑바로 뜨고 봐!"

"더 나가서 압박해!"

제헌고등학교는 빠른 패스와 뛰어난 개인 기량을 이용해 대한
고등학교 선수들을 끌어냈다. 수비형 미드필더와 중앙수비수, 풀
백이 달려들 수밖에 없게끔 위협했다.

마침내 대한고등학교의 수비라인이 높게 올라왔을 때.

제헌고등학교의 진짜 공격이 시작됐다.

휘익! 휙!

제헌고의 윙어 안수민이 중앙으로 파고드는 척을 하며 오른
쪽 측면으로 몸을 틀었다. 이 움직임에 대한고의 풀백 서정민의

중심이 흔들렸다. 그 순간 안수민은 대한고의 페널티박스 안으로 전진패스를 뿌렸다. 높게 올라온 대한고 수비진의 오프사이드트랩을 부숴 버리는 킬패스. 그 패스를 받으러 침투한 선수는 제헌고의 에이스 황희창이었다.

빠른 속도로 침투한 황희창을 막을 선수는 없었다.

대한고 수비수들은 역동작이 걸렸고, 오직 황희창만이 페널티박스 안으로 뛰어들었으니까.

투욱! 황희창은 안수민이 넘겨 준 패스를 왼쪽 발 안쪽으로 잡아 뒀고, 공을 한 번 더 살짝 밀며 전진했다. 그러자 대한고의 골키퍼 이자룡이 튀어나왔다. 골키퍼로선 어쩔 수 없는 선택이었다. 가만히 서서 슈팅을 때리게 놔두는 것보단 빠르게 튀어나가서 슈팅 각도를 좁히고 공격자의 심리를 압박하는 게 더 나은 방법이니까.

하지만 황희창은 침착했다.

이자룡이 나오는 걸 끝까지 바라보곤 공을 가볍게 툭 띄웠다.

골키퍼의 키를 넘기는 칩슛. 정확한 타이밍에 공을 띄워야 하는 고급 스킬이지만, 황희창에겐 어렵지 않은 일이었다.

후우웅! 공은 포물선을 그리며 날아갔고, 이자룡의 키를 가볍게 넘긴 뒤 대한고등학교의 골대 안으로 떨어져 내렸다.

완벽한 골이었고.

"으어어어어!"

황희창은 웃통을 벗어던지며 괴성을 질러 댔다.

*   *   *

"정신 차려! 라인 함부로 올리지 마! 갑자기 라인 올리니까 방금처럼 뒷공간이 비잖아! 그리고 오프사이드트랩 똑바로 잡아! 한 번에 뚫리면 어쩌자는 거야? 문상진! 네가 제대로 조율했어야지!"

"얘들아! 침착하자! 아직 경기 시작한 지 20분도 안 지났어! 처음부터 다시 시작한다고 생각하고 해 보자!"

양 팀의 스코어가 1 대 1이 된 지금, 강철중 감독과 장현욱 코치는 선수들을 향해 지시와 응원의 말을 던졌다.

잘해라, 정신 차려라, 침착하자는 말들.

그러나 정작 이들의 얼굴에 떠오른 불안함이 더욱 커 보였다.

그럴 수밖에 없었다.

방금 펼쳐졌던 제헌고등학교의 공격.

그걸 본 순간 강철중 감독과 장현욱 코치는 알아 버렸으니까.

'이런 쌍⋯ 너무 잘하잖아?'

'이번 경기⋯ 어렵겠네.'

제헌고등학교의 실력이 생각보다 더 강하다는 걸.

대한고등학교가 승리하기엔 수준 차이가 너무 많이 난다는 걸.

당연하게도 직접 뛰고 있는 대한고등학교 선수들도 이 사실을 온몸으로 느끼고 있었다.

그러나.

대한고등학교는 실력을 뛰어넘는 열정과 투지로 결승전까지 올라온 팀.

지금, 이들의 머릿속에 '포기'라는 단어는 존재하지 않았다.

"더 빠르게 돌려! 쟤들이 압박해 오기 전에 바로바로 패스하라고!"

"공 끌지 말고 바로 넘겨 줘!"

공을 잡으면 2명의 선수가 달려들며 동시에 압박을 하는 전술.

그런 제헌고의 전술에 대응하기 위해 대한고 선수들은 빠르게 공을 돌리는 방법을 선택했다.

침착하게, 정확한 패스만 구사할 수 있다면 아주 효과적일 방법이었다.

문제는 강한 압박을 받으면 패스의 정확도가 떨어지게 마련이라는 것.

"집중해! 더 정확하게 패스하라고!"

대한고 주장 문상진이 고함을 쳤지만, 큰 효과를 발휘하진 못했다.

결국, 대한고등학교 쪽에서 패스미스가 나와 버렸다.

"기회 왔다! 뛰어! 다 라인 올려!"

"바로 지원해!"

제헌고등학교의 역습이 시작됐다. 공을 잡은 제헌고 선수는 바로 안수민에게 공을 넘겼다. 안수민은 윙어이면서도 종종 가운데로 들어와서 플레이메이커 역할도 수행했는데, 지금도 그랬다.

역습 상황인 지금, 안수민이 뿌려 낸 공이 황희창의 발밑으로 정확히 굴러 들어갔다.

투욱!

문상진을 등진 황희창이 한 번의 터치와 함께 몸을 회전했다. 단 한 번의 터치로 문상진을 제쳐 내려는 움직임. 하지만 문상진이 누구던가. 대한고의 주장이자 국내 프로 팀 몇몇 구단에게 영입 제안을 받고 있을 정도로 좋은 수비수이지 않은가.

그는 황희창의 움직임을 놓치지 않았고, 먼저 어깨를 집어넣으며 침투를 막아 내려 했다.

'막았어!'

문상진은 확신했다.

황희창의 돌파를 막아 냈다고.

하지만.

"……!"

퍼억!

황희창의 피지컬은 문상진의 생각보다 더 강했다. 먼저 어깨를 집어넣으며 유리한 자세를 만든 문상진이 오히려 밀려 버릴 정도로.

문상진은 황소같이 꾸역꾸역 밀고 들어오는 황희창을 막아 낼 수가 없었다.

'안 돼! 여기서 뚫리면 골이야!'

팀의 주장이라는 책임감과 자신이 뚫리면 팀이 골을 허용할 거라는 부담감.

이 심리적인 압박이 문상진의 판단을 흐리게 만들었다.

결국, 문상진은 황희창의 옷을 잡아당기며 다리를 뻗었고, 그 움직임에 안쪽으로 파고들던 황희창이 중심을 잃었다.

"으악!"

촤아악!

대한고등학교의 페널티박스 안쪽.

그곳에서 황희창이 넘어졌고.

주심은 조금의 망설임도 없이 휘슬을 불었다.

삐이이익!

페널티킥이었다.

공격자가 너무나도 유리한, 어지간해선 골이 되는 기회를 얻은 제헌고등학교의 분위기가 뜨겁게 달아올랐다.

"으하하핫! 됐어! 역시 희창인 괴물이라니까?"

"저 황소는 못 막지!"

"프로에서도 통할 놈인데, 대한고 수비수가 어떻게 막겠어? 무리해서 막으려고 하니까 당연히 반칙이 나오지."

키커로 나선 선수 역시 황희창이었다.

"헤헤! 한 골 더 넣겠네."

황희창은 특유의 순박한 미소를 지으며 페널티킥을 준비했다.

그의 얼굴에 긴장감은 조금도 찾을 수 없었다.

공을 차기 직전까지도 웃는 얼굴로 심판의 신호를 기다렸다.

그리고.

주심이 골을 차도 된다는 신호를 보냈을 때.

스윽!

황희창의 표정이 변했다.

그 어느 때보다도 더 진지한 얼굴을 한 채, 멈춰진 공을 향해 다리를 휘둘렀다.

퍼어엉!

강력한 슈팅이었다. 좋은 기량을 가진 대한고의 골키퍼 이자룡이 방향을 맞췄음에도 막지 못했을 정도로.

철렁!

대한고등학교의 골 망이 크게 흔들렸다.

"우헤헤헤! 우리 역전했어요!"

골을 넣은 황희창은 언제 진지했냐는 듯 다시 순박한 미소를 지으며 동료들과 기쁨을 나눴다.

황희창에게만 2골을 허용해 버린 이후.

대한고등학교 선수들은 포기하지 않았다. 오히려 더욱 적극적으로 움직였다. 힘든 경기에서 이겨 왔던 경험이 이들을 움직일 수 있게 만들었다.

더불어 반칙을 한 주장 문상진이 레드카드가 아닌, 옐로카드를 받았다는 사실도 대한고에겐 희망을 줬다.

이민혁 역시 더 많이 뛰며 분위기를 바꾸고자 노력했다.

하지만, 그럼에도 더 날카로운 쪽은 제헌고등학교였다.

퍼엉!

전반전이 끝나 갈 때 나온 황희창의 중거리 슈팅이 종이 한 장 차이로 대한고의 골대를 벗어났다. 대한고등학교 선수들로선 가슴을 쓸어내릴 장면이었다.

이쯤 되자 대한고등학교의 기세가 조금이지만 떨어지기 시작했다.

벽처럼 높은 상대와 최선을 다해 싸웠음에도 계속해서 밀리자, 심리적으로 위축되기 시작한 것이다.

이때, 이민혁의 눈이 빛났다.

'이대론 안 돼.'

지금까진 이타적인 플레이를 주로 펼쳤지만, 이제는 변화가 필요했다. 어떻게든 분위기를 바꿔야 했고, 그러려면 무언가 임팩트 있는 장면을 만들어 내야 했다.

문제는 팀이 거의 반코트 게임에 가깝게 밀리고 있다는 사실이었다.

앞으로 나가야만 공격을 할 수가 있는데, 상대의 압박이 너무 강하고 기세에서마저 밀려 버리니 계속해서 갇힌 채로 얻어맞는 상황이었다.

너무도 불리한 상황. 공격을 나가기도 힘든 상황.

그런 상황에서 최준이 공을 끊어 냈다. 공격수이면서도 좋은 수비 능력까지 갖춘 그가 한 건을 해낸 것이다.

그 순간, 이민혁이 오른쪽 측면으로 달리며 소리쳤다.

"최준!"

최준은 그런 이민혁을 봤고, 바로 패스를 뿌렸다.

타앗!

이민혁이 공을 잡았다.

지금 이 순간, 그의 눈엔 보였다.

빠르게 복귀하는 제헌고의 중앙수비수들이.

'돌파는 무리야.'

수비수들의 반응이 너무 빨랐다. 자신이 전속력으로 달려 나가도 수비수들을 마주하게 될 것이 분명했다.

그런데 이때.

이민혁의 눈에 또 다른 장면이 보였다.

제헌고등학교의 골키퍼가 골대를 비우고 멀리 나와 있는 장면이.

'이게… 될까?'

제헌고가 반코트 게임을 하고 있었고, 골키퍼가 방심했기에 나온 상황이었다.

여기서 이민혁은 결정했다.

비록 중앙선을 조금 넘은, 골대와 아주 먼 거리였지만.

'해 보자!'

직접 슈팅을 때려 보기로.

Chapter. 4

원하는 곳에 정확하게 슈팅을 하는 건 어려운 일이다.

실전에선 더 어렵게 느껴진다.

슈팅이 좋기로 유명한 선수들도 먼 거리에서 슈팅이나 프리킥을 할 땐 정확도가 급격히 낮아질 정도다.

더구나 아마추어인 이민혁에겐?

더욱 어려운 일이다.

'해 보자!'

하지만 지금은 분위기를 바꿔야 할 때다.

중앙선을 조금 넘은 곳에서 때리는 이 슈팅은 골이 되지 않아도 된다.

상대방의 간담을 서늘하게 하는 정도면 충분하다.

그렇게 마음먹으니 치솟던 부담감이 조금은 줄었다.

휘익!

이민혁이 골대를 향해 다리를 휘둘렀다.
강하게 휘둘러진 다리가 공을 때려 냈고, 퍼어엉!
동시에 메시지가 떠올랐다.

[20% 확률로 '예리한 슈팅' 스킬 효과가 발동됩니다!]
[슈팅의 정확도가 대폭 상승합니다.]

"으헉?!"
비명은 제헌고 골키퍼의 입에서 터져 나왔다.
골대를 비우고 과하게 전진해 있던 그였기에, 기습적인 슈팅에
너무 놀라 버렸다.
골키퍼는 다급하게 골대를 향해 복귀했다. 이를 악물고 전력
을 다해서 뛰었다.
그러나.
포물선을 그리며 날아가는 공의 속도가 더 빨랐다.

이민혁의 두 번째 골.
이건 그 누구도 예상하지 못했던 상황이었다.
적과 아군을 가릴 것 없이, 경기를 지켜보던 모든 사람이 입을
쩍 벌리고 경악했다.
"저, 저게 뭐야? 쟤 누구야?"

"쟤가 이민혁 맞지? 고2 때까지 쩌리였다가 이번 대회부터 터진 애!"

"도대체 몇 미터였지? 우와! 저건 중거리 슈팅도 아니고, 장거리 슈팅이잖아?"

"…중앙선에서 저렇게 정확하게 골대 안으로 공을 넣는다고? 미친 거 아니야?"

두 눈으로 직접 보고도 믿을 수 없는 상황이었다.

프로 경기에서도 쉽게 나오지 않는 장면이 고등학교 수준의 대회에서 나오다니!

그것도 그다지 주목받지 않던 이민혁이 만들어 낼 줄이야.

"이민혁이라고 했지? 쟤, 완전 대박이네."

"이 경기, 생각보다 재밌어지겠는데?"

"이러면 분위기가 이상해지는데……?"

경기를 지켜보던 사람들.

이들의 눈에 '이민혁'이라는 선수가 들어오기 시작했다.

같은 시각.

'역시 뜰 줄 알았어.'

이민혁은 눈앞에 떠오르고 있는 메시지들을 바라봤다.

[퀘스트를 완료하셨습니다!]

[퀘스트 내용: 전국고교축구대회 결승전에서 2개의 공격포인트를 기록하세요.]

[보상으로 경험치가 대폭 증가합니다.]

[퀘스트를 완료하셨습니다!]

[퀘스트 내용: 전국고교축구대회 결승전에서 2개의 골을 기록하세요.]

[보상으로 경험치가 대폭 증가합니다.]

[퀘스트를 완료하셨습니다!]

[퀘스트 내용: 전반전이 끝나기 전까지 동점골을 기록하세요.]

[보상으로 경험치가 대폭 증가합니다.]

[퀘스트를 완료하셨습니다!]

[퀘스트 내용: 전국고교축구대회 결승전에서 보고도 믿을 수 없는 골을 터뜨리세요.]

[보상으로 경험치가 대폭 증가합니다.]

씨익!

이민혁의 입가에 미소가 지어졌다.

경험치를 받을 거라는 건 충분히 예상했던 일이었다.

스스로도 놀랄 정도로 대단한 골을 터뜨렸으니, 이 정도의 메시지들이 뜰 것 같았다.

그런데.

예상하지 못한 일도 일어났다.

[레벨이 올랐습니다!]

[레벨이 올랐습니다!]
[레벨이 올랐습니다!]

3개의 레벨이 오를 줄은 몰랐다.

시스템이 거꾸로 가는 것도 아니고, 지금 레벨에 이렇게 한 번에 많이 오를 줄이야.

그런데.

이민혁의 눈에 만족감이 아닌, 기대감이 떠올랐다.

"이거… 설마?"

기대할 수밖에 없었다.

3레벨이 오르며, 지금 레벨은 30이 되었으니까.

예상이 틀리지 않는다면… 스킬이 나올 타이밍이었으니까.

이민혁의 예상이 틀리지 않았던 것일까?

[레벨 30을 달성하셨습니다!]

레벨 30이 되었다는 메시지가 떠올랐다.

그리고 이어서 또 다른 메시지가 떠올랐다.

[스킬이 지급됩니다.]
['축구 재능'을 습득하셨습니다.]

"으억?!"

이민혁의 눈이 찢어질 듯 커졌다.

스윽!

눈을 비빈 뒤에 다시 한번 메시지를 바라봤지만, 메시지는 여전히 허공에 떠 있었다.

"축구… 재능이라고?"

재능.

얼마나 간절히 바라던 것이었는가!

남들보다 더 많이 노력했음에도 늘 경쟁에서 밀렸었기에, 재능에 대한 갈망은 항상 있었다.

그런데… 드디어 그 재능을 얻었다.

[축구 재능]

유형: 패시브

효과: 축구 실력이 빠르게 좋아집니다.

축구 재능 스킬을 얻은 지금.

이민혁은 스탯 포인트를 사용했다.

올릴 능력치는 조금도 고민되지 않았다.

[스탯 포인트 6을 사용하셨습니다.]

[탈압박 능력치가 6 상승합니다.]

[현재 탈압박 능력치는 67입니다.]

당연히 탈압박이었다.

탈압박 능력치가 터치, 트래핑에 도움이 된다는 걸 알게 된 이후, 줄곧 탈압박 능력치를 올릴 생각만 했다.

적어도 70을 만들 때까지는 탈압박 능력치에 스탯 포인트를 투자할 것이고, 그 이후에도 꾸준히 투자할 생각이었다.

삐이이익!

경기가 재개됐다.

하지만 이미 골이 터졌을 때가 전반전이 끝나기 직전이었기에, 주심은 몇 분 지나지 않아서 다시 휘슬을 불었다.

전반전 종료를 알리는 휘슬이었다.

양 팀 감독 모두 선수들에게 지시를 내렸다.

물론 분위기는 달랐다.

"이상한 거에 당하지 말고, 슈팅 타이밍 내주지 마. 그리고 절대 방심은 안 돼. 알겠어?"

"예!"

"알겠습니다!"

제헌고등학교의 경우엔 방심하지 말라고 집중력을 일깨워 주는 정도였고.

"얘들아! 지금 쟤들도 당황했거든? 좀 더 라인 내리고, 수비적으로 하다가 역습 기회 오면 한 방에 골 넣어 버리는 거야. 알겠지? 조금만 더 안전하게 지키면서 하자. 지키고 역습. 지금까지 잘 해 왔던 거잖아? 그리고 저쪽에 황희창이 드리블할 때 쉽게 발 넣지 마. 최대한 지켜보면서 반칙 없이 막아야 해. 특히 페널티박스 안에선 더 조심하고."

대한고등학교의 감독 강철중은 간절했다.

워낙 강한 상대를 만난 상황이었고, 기적적으로 동점을 만들었기에 더욱 간절했다.

아예 점수 차가 많이 났다면 마음을 놓아 버렸겠지만, 희망이 생긴 지금은 승리를 생각하지 않을 수 없었으니까.

감독이라면 어떻게든 이길 방법을 쥐어짜 내야 하는 상황이었으니까.

"문상진이는 수비 당황 안 하게 조율 좀 신경 써 주고, 최준이랑 김철수는 최전방에서 좀 더 적극적으로 압박해. 물론 지금도 열심히 뛰고 있는 거 알지만, 이게 마지막 경기잖아? 결승전이다. 이 경기가 어차피 마지막이니까 그냥 뒈졌다고 생각하고 뛰어 보자. 그리고 이민혁이는 쫌만 더 힘내고, 우정호 너는 서정민 좀 도와줘. 제헌고에 안수민이 너무 날카로워서 서정민 혼자 못 막으니까."

"예!"

대한고등학교 선수들의 분위기가 변했다.

동점골이 나오기 전까진 힘이 빠졌지만, 이젠 상황이 달라졌다.

감독의 말처럼 잘만 버티고 역습 한 방을 성공시킨다면 충분히 이길 수도 있다는 희망이 생겼다.

"자! 가 보자! 이런 썅! 대한고등학교에서 기적 한번 만들어 보자."

마지막으로 나온 강철중 감독의 외침.

그 외침을 들으며 대한고등학교 선수들이 경기장으로 걸어 들어갔다.

삐이이익!

후반전이 시작됐다.

제헌고등학교는 시작과 동시에 적극적으로 공격에 나섰다. 측면과 중앙을 가릴 것 없이 계속해서 공을 돌리며 대한고등학교를 압박했다.

이에 대한고등학교는 감독이 지시한 대로 수비에 집중했다.

가드를 잔뜩 올린 복서처럼 제헌고의 날카로운 공격을 꾸역꾸역 막아 냈다.

제헌고등학교는 괜히 우승 후보라고 불리는 팀이 아니었다.

적극적으로 공격하면서도 역습 기회를 내주지 않았다. 대한고에겐 빈틈이 보이지 않는 상대였다.

역습은 나오지 않고, 제헌고등학교의 공격만 이어지는 상황 속에서.

제헌고의 에이스 황희창과 안수민의 플레이가 빛났다.

시작은 안수민이었다.

투욱! 휘익!

안수민은 앞을 가로막은 대한고의 우정호를 손쉽게 제쳐 낸 뒤, 이어서 덤벼드는 서정민의 가랑이 사이로 공을 집어넣었다.

대한고의 측면을 뚫어 낸 안수민이 더욱 깊숙이 침투했다. 페널티박스 근처까지 접근한 뒤, 뒤에서 빠르게 침투하는 황희창을 향해 패스를 뿌렸다. 훌륭한 컷백 패스였고, 황희창은 이런 기회를 놓치는 선수가 아니었다. 긴장이라도 했으면 모를 텐데, 지금 그는 실실 웃으며 슈팅을 때려 냈다. 퍼어엉! 골대 바로 앞에서 때려 낸 강력한 슈팅. 대한고의 골키퍼 이자룡으로선 막을 수가 없는 슈팅이었다.

"우오오오오오!"

오늘 해트트릭을 기록한 황희창이 괴성을 지르며 기뻐했다.

반면, 대한고등학교 선수들은 아쉬움을 드러냈다.

수비에 모든 걸 쏟아부었음에도 골을 내줬다는 사실이 이들에겐 너무도 아쉬웠다.

이후에도 대한고등학교는 쉽게 공격에 나서지 못했다.

제헌고등학교가 템포를 늦추지 않고 계속해서 공격에 나섰기 때문이었다. 그야말로 얻어맞느라 정신이 없었다.

다만, 손해만 본 건 아니었다.

대한고등학교가 얻은 것도 있었다.

계속해서 공격한 제헌고등학교 선수들에 비해 체력을 아꼈다는 것이다.

대부분의 선수는 후반전이 되면 체력이 급격히 떨어진다.

이건 제헌고등학교도 마찬가지였다. 특히 이번 대회는 짧은 기간 동안 여러 경기를 치르는 강행군이었다.

제아무리 우승 후보인 제헌고등학교 선수들도 체력적으로 정상 컨디션일 수가 없었다.

"허억……! 헉……!"

"후우……!"

제헌고등학교 선수들의 호흡이 급격히 거칠어지기 시작했다.

그리고 이때.

"지금이야! 가자!"

대한고 주장 문상진이 고함을 치며 길게 패스를 뿌렸다.

지금 이 순간, 최전방으로 달리는 선수는 최준과 이민혁.

이번 대회에서 가장 좋은 호흡을 보인 두 선수였다.

공은 이민혁이 달리는 곳으로 향했다.

'받을 수 있어!'

문상진의 패스는 좋았다. 다만, 조금 강했다.

평소의 이민혁이라면 제대로 트래핑해 내기 어려웠을 정도로.

하지만 지금의 이민혁은 달랐다.

탈압박 능력치를 올리며 트래핑 능력이 올라간 지금은 날아오는 공을 부드럽게 받아 냈다.

툭!

공을 받아 냄으로써 완벽한 역습 상황이 만들어졌고, 이민혁은 공을 앞으로 차 놓고 전속력으로 뛰어나갔다.

텅 빈 측면으로 달리던 이민혁이 중앙을 바라봤다. 역시나 전속력으로 달리는 최준이 보였다. 그 순간, 두 남자의 시선이 맞았다.

'선배, 지금!'

'오케이!'

퍼엉!

이민혁이 발의 안쪽으로 공을 강하게 차 냈다. 약간의 스핀을 넣은 땅볼 패스였다. 최준이 받기 좋은 위치를 노렸고, 원하는 곳으로 패스가 향하길 바랐다.

그리고 그 순간.

[20% 확률로 '예리한 패스' 스킬 효과가 발동됩니다!]
[패스의 정확도가 대폭 상승합니다.]

스킬 효과가 발동됐다.

촤자자자잣!

이민혁이 차 낸 공이 정확하게 최준이 달리는 앞쪽 공간에 도착했다. 완벽에 가까운 좋은 패스였다.

최준이 할 것은 그저 골대를 향해 정확히 슈팅을 때리는 것.

그건 최준에게 어렵지 않은 일이었다.

터어엉!

최준은 공을 잡아 두지 않고 굴러오는 공에 곧바로 다리를 휘둘렀다. 인사이드 슈팅으로 구석을 노린 슈팅이었고, 궤적도 날카로웠다.

제헌고등학교의 골키퍼가 몸을 날렸지만, 빠르게 날아간 공은 그의 손끝을 스치며 골대 안으로 파고들었다.

우와아아아아아!

대한고등학교의 동점골이 터진 순간이었다.

동시에.

분위기가 바뀐 순간이기도 했다.

대한고등학교의 동점골이 터지며 3 대 3 스코어가 된 지금.

'이거… 뭐야? 쟤네 역습이 왜 저렇게 날카로워?'

'슬슬 뛸 힘도 없는데… 쟤들은 지치지도 않나?'

'설마… 우리가 진다고?'

자신감이 넘치던 제헌고등학교 선수들의 얼굴에 불안한 삼성이 드러나기 시작했다.

이러다 질 수도 있겠다는 생각이 자리 잡았다.

자연스레 플레이에 묻어나던 자신감도 떨어졌다.

시간이 지날수록 체력도 더 떨어졌다.

황희창과 안수민은 꾸준히 좋은 움직임을 보였지만, 다른 선수들은 확연히 지친 모습과 불안한 모습을 보였다.

그러다 보니 집중력이 떨어졌고 하지 않던 실수까지 나왔다.

대회 내내 제헌고등학교의 중원을 든든하게 책임지던 미드필더 유석훈.

그는 대각선 뒤에 있던 풀백에게 공을 넘길 생각이었지만, 패스가 정확하지 못했다.

공은 풀백이 받을 수 없는 곳으로 뿌려졌다.

"안 돼!"

그리고.

대한고등학교엔 그 실수를 간절히 기다렸던 선수가 있었다.

'지금!'

이민혁, 그는 유석훈이 잘못 보낸 공을 가로챘다. 그대로 속도를 내서 달려 나갔다. 오늘 많은 스프린트를 했기에 체력이 많이 떨어져 있었지만 남은 힘을 전부 쥐어짜 냈다.

모든 힘을 쥐어짠 이민혁의 스피드는 빨랐다. 상대 풀백이 쫓아오지도 못할 정도로.

여기서 이민혁은 대각선으로 몸을 틀어서 달렸다. 드리블 실력이 향상된 그의 움직임은 이전 경기 때보다 훨씬 부드럽고 안정적이었다.

"이런 씨바!"

제헌고등학교의 골키퍼가 불안한 표정으로 욕설을 뱉어 냈다.

그에겐 끔찍한 상황이었다. 후반전이 얼마 남지 않은 상황에서 맞게 된 위기. 이걸 막지 않으면 진짜 질 수도 있겠다는 생각이 골키퍼의 머릿속에 가득했다.

골키퍼에게 더 이상 생각할 여유는 없었다.

그저 달려오는 이민혁을 막기 위해 튀어 나가는 것뿐.

골키퍼와 이민혁.

두 선수가 서로를 향해 전속력으로 달려들었다.

마침내 두 선수의 거리가 좁혀졌을 때.

먼저 움직인 선수는 이민혁이었다.

휘익!

상체를 왼쪽으로 한 번 흔든 이민혁이 오른쪽으로 공을 치고 나갔다.

간결하지만 폭발적인 속도를 내며 시도한 돌파.

제헌고등학교의 골키퍼는 그 움직임에 완벽히 뚫려 버렸다.

"제엔자아앙!"

텅 빈 골대.

이민혁은 그곳을 향해 팀의 역전골을 만들어 낼 공을 밀어 넣었다.

✳   ✳   ✳

대한고등학교와 제헌고등학교의 경기를 지켜보던 관중들.

이들은 3 대 3으로 동점인 경기를 보면서도 제헌고등학교의 승리를 의심치 않았다.

"저러다 결국 황희창이 골 넣겠지."

"대한고가 생각보다 잘 버티네? 근데 이제 곧 무너지겠지."

"제헌고등학교가 전반전에 체력을 너무 많이 썼나 보네. 근데 그래도 황희찬이랑 안수민이 어떻게든 하겠지. 대한고는 못 이겨."

당연히 우승 후보인 제헌고등학교가 결국 추가골을 넣고 승리할 거라고 믿었다.

그런데.

이들의 믿음이 깨졌다.

철렁—

모두가 지켜보는 앞에서 제헌고등학교의 골 망이 흔들렸다.

이민혁이 만들어 낸 역전골이었다.

"이거… 뭐야? 대한고가 골을 넣었네……? 지금 시간 얼마 안 남았는데?"

"설마……? 제헌고가 진다고?"

"이민혁 쟤 뭐야? 오늘 3골 넣은 거 아니야? 제헌고를 상대로 해트트릭을 한다고? 저런 선수가 왜 이번 대회가 열리기 전까지 무명이었던 거야?"

"이민혁 쟤… 잘하잖아?"

충격적인 골이었다.

관중들에게도, 제헌고등학교에도 충격적인 골이었다.

더불어 대한고등학교 선수들에게도 충격이었다.

"이민혁 네가 결국 해냈구나!"

"네가 이렇게 잘해질 줄이야……!"

"그렇게 열심히 하더니 완전히 각성을 했구만!"

대한고 선수들은 이번 대회를 기점으로 이민혁의 실력이 급성장했다는 걸 느끼고 있었다. 그래서 은연중 이민혁을 인정하고, 패스도 잘 해 주고 함께 훈련도 했다.

함께 훈련하면서 다시 한번 느꼈다.

이민혁이 달라졌다는 걸.

더는 머저리라고 부를 수 있는 실력이 아니라는 걸.

그렇다고 해도.

부담감이 대단한 결승전에서, 그것도 제헌고등학교를 상대로 해트트릭을 할 줄은 정말 몰랐다.

그리고 지금.

이민혁은 눈앞에 떠오른 메시지들을 바라봤다.

[퀘스트를 완료하셨습니다!]

[퀘스트 내용: 전국고교축구대회 결승전에서 역전골을 기록하세요.]

[보상으로 경험치가 대폭 증가합니다.]

[퀘스트를 완료하셨습니다!]

[퀘스트 내용: 전국고교축구대회 결승전에서 해트트릭을 기록하세요.]

[보상으로 경험치가 대폭 증가합니다.]

[퀘스트를 완료하셨습니다!]

[퀘스트 내용: 전국고교축구대회 결승전에서 골키퍼를 제치고 골을 기록하세요.]

[보상으로 경험치가 대폭 증가합니다.]

[레벨이 올랐습니다!]

[레벨이 올랐습니다!]

무려 2개의 레벨이 올랐다.

이민혁은 이걸로 확신할 수 있었다.

'높은 곳에 올라와서 활약하면 더 많은 경험치를 받는구나.'

결승전이 개꿀이라는걸.

'우선 탈압박 능력치를 70으로 만들고……'

이민혁은 우선 스탯 포인트 3개를 사용했다.

[스탯 포인트 3을 사용하셨습니다.]
[탈압박 능력치가 3 상승합니다.]
[현재 탈압박 능력치는 70입니다.]

원하던 대로 탈압박 능력치를 70으로 만들었고.

[스탯 포인트 1을 사용하셨습니다.]
[슈팅 능력치가 1 상승합니다.]
[현재 슈팅 능력치는 71입니다.]

남은 스탯 포인트로 슈팅에 투자했다.
'슈팅 능력치는 앞으로도 꾸준히 투자해야겠어.'
더 급한 분야가 있었기에, 최근에 올리지 못했던 슈팅.
하지만 이제는 조금씩이나마 꾸준히 투자해야 할 필요성을 느꼈다.
당연했다.
골을 넣을 때마다 경험치를 받아서 성장하고 있고, 더 많은 골을 넣고 더 많이 성장하려면 슈팅 능력이 좋아야 하니까.

삐이이익!

주심의 휘슬 소리가 들렸다.
경기가 재개됐다는 신호였다. 현재 시각은 후반 43분.

점수에서 밀리고 있는 팀은 급해질 수밖에 없는 시간이다.

아무리 강한 팀이고, 위닝 멘탈리티로 가득한 팀이어도 불안한 건 어쩔 수 없다.

그들도 결국 사람이니까.

지금 제헌고등학교 선수들이 그랬다.

심지어 전국 최고의 유망주들이라는 황희창, 안수민마저 이제는 불안 가득한 얼굴로 경기장을 뛰어다녔다.

"공 넘겨줘요! 빨리!"

"더 빨리 뛰라고! 시간 없어!"

"일단 안수민한테 패스해!"

급해진 팀은 흔들리게 마련이었다. 게다가 체력이 바닥을 드러낸 상황이라면?

정상적인 공격을 할 수가 없다.

전반전과는 달리, 제헌고등학교의 공격은 효과적으로 대한고등학교를 공략하지 못했다.

대한고등학교 선수들에겐 승리라는 희망이 생겼고, 이건 이들에게 큰 힘이 됐다. 체력이 떨어진 상태에서도 몸을 던져 가며 제헌고등학교의 공격을 막아 냈다.

이민혁도 수비에 집중했다.

수비 능력이 좋은 편은 아니고, 오히려 안 좋은 편이었지만, 빠른 스피드를 이용해 이곳저곳을 뛰어다니며 상대의 움직임을 방해했다. 필요할 때면 과감하게 몸을 던졌다.

"조금만 더 집중해! 시간 얼마 안 남았어!"

"바로 일어나서 뛰어!"

다리가 후들거리는 상황에서도 대한고등학교는 버텨 냈다.

단 몇 분이 몇 시간처럼 길게 느껴질 정도로 힘들었지만, 그래도 버텨 냈다.

그리고 마침내.

삐이이익!

경기 종료를 알리는 휘슬 소리가 울려 퍼졌다.

"됐어! 됐다고오오오오!"

"이런 쒸바! 우리가 우승이야! 진짜 우승했다고!"

"으흐흐흐! 내가 우승이라니……!"

꿈같은 일이었다.

16강에도 간신히 오른 팀이 우승이라니.

그것도 결승전에서 우승 후보라고 불리던 제헌고등학교를 상대로 해낸 우승이었다.

대한고등학교 선수들은 감격스러운 순간을 즐겼다.

서로를 얼싸안고, 눈물을 흘리고, 소리를 질러 대며 우승에 대한 기쁨을 드러냈다.

이민혁도 크게 다르지 않았다.

동료들과 기쁨을 나눴고, 함께 함성을 질렀다.

하지만.

시선만큼은 한곳으로 고정되어 있었다.

'빨리 나와라.'

텅 빈 허공.

그곳을 바라보며 메시지가 뜨길 기다렸다.

그리고 지금.

'떴다!'

이민혁이 기다리던 메시지들이 떠올랐다.

[퀘스트를 완료하셨습니다!]

[퀘스트 내용: 전국고교축구대회에서 우승하세요.]

[보상으로 경험치가 대폭 증가합니다.]

[퀘스트를 완료하셨습니다!]

[퀘스트 내용: 전국고교축구대회 결승전에서 팀 내 최고의 활약을
펼치세요.]

[보상으로 경험치가 대폭 증가합니다.]

[레벨이 올랐습니다!]

[레벨이 올랐습니다!]

확실히 전국대회의 결승전인 만큼, 승리에 대한 경험치는 대
단했다.

30레벨이 넘은 상태임에도 2개의 레벨이 오를 정도로.

만족스러운 보상이었고, 이민혁은 바로 스탯 포인트를 사용했
다.

[스탯 포인트 2를 사용하셨습니다.]

[탈압박 능력치가 2 상승합니다.]
[현재 탈압박 능력치는 72입니다.]

[스탯 포인트 2를 사용하셨습니다.]
[슈팅 능력치가 2 상승합니다.]
[현재 슈팅 능력치는 73입니다.]

스탯 포인트를 분배한 지금.
이민혁의 상태는 다음과 같았다.

[이민혁]
레벨: 34
나이: 19세(만 17세)
키: 181㎝
몸무게: 71㎏
주발: 오른발
[체력 71], [슈팅 73], [태클 54], [민첩 62], [패스 60]
[탈압박 72], [드리블 80], [몸싸움 62], [헤딩 61], [속도 85]
스킬: [예리한 슈팅], [예리한 패스], [축구 재능]
스탯 포인트: 0

비록 바쁜 일정을 소화하며 몸무게 1㎏이 줄었지만, 능력치는
처음보다 굉장히 높아졌다.
태클 능력치를 제외하면 모든 능력치가 60을 넘었고, 드리블

과 슈팅 능력치는 80대가 되었다.

물론 드리블의 경우 아직 능력치만큼의 효율을 못 내고 있지만, 이 문제는 훈련으로 충분히 극복할 수 있다고 믿었다.

자연스레 이민혁의 자신감도 높아졌다.

자신의 미래가 어떻게 될지는 모르겠지만, 최소한 축구를 계속할 수는 있다고 믿게 됐다.

"수고하셨습니다."

이민혁은 패배한 제헌고 선수들과 인사를 나눴고, 이어서 우승 수상식마저 끝냈다.

사진을 찍고, 이름이 호명되며, 사람들의 박수를 받는 게 어색했지만, 이민혁은 꿈같은 상황을 즐겼다.

동시에 생각했다.

'프로축구선수가 돼서 최고가 되고 싶다.'

최고의 선수가 되고 싶다고.

지금보다 더 많은 사람의 앞에서 최고의 경기력을 보여 주고 싶다고.

물론 지금의 이민혁에겐 이루기 힘든 꿈이었지만, 불가능하다고 생각하진 않았다.

차근차근 앞에 있는 벽을 하나씩 넘다 보면, 언젠가는 근접할 수 있다는 희망을 품었다.

그래서 지금, 이민혁은 바로 앞에 있는 벽부터 넘을 생각이었다.

'우선 프로가 되는 것부터 생각하자.'

"이 짜식들… 크흑!"

강철중 감독이 말을 잇지 못하고 울먹였다.

선수들 앞에서 멋진 말을 하고 싶었는데, 감정이 너무 격해져 버렸다.

크험험!

감독은 헛기침한 뒤에야 다시 말을 이었다.

"난 오늘 일어난 일을 평생 잊지 못할 거다. 오늘, 우리 대한고 등학교는 정말 최고의 팀이었다. 나는 너희 덕에 전국대회에서 우승한 감독이 됐다. 정말 고맙다. 그리고 1학년, 2학년들은 오늘의 기억을 가슴 속에 담아 두고 계속 정진하길 바란다. 3학년들은… 그동안 더러운 성격을 지닌 감독을 따르느라 고생 많았다. 앞으로 프로 팀과 계약하는 녀석도 있을 거고, 지도자로 전향하는 녀석도 있을 거다. 그리고 대학 팀으로 가는 녀석도 있을 거라고 본다. 전부 다른 길을 가겠지만, 상관없다. 가는 길이 어디가 됐든, 나는 너희가 모두 잘될 거라고 믿는다."

여전히 울먹이는 목소리였지만, 강철중 감독은 선수들을 향해 마음속에 있던 말을 전부 꺼내 놓는 것에 성공했다.

"그동안 감사했습니다!"

"강철중 감독님! 감사합니다!"

"키워주셔서 정말 감사합니다!"

선수들은 감독에게 박수를 보냈다.

그때였다.

박수를 받던 강철중 감독의 시선이 한 선수에게로 향했다.

'…이민혁.'

실력이 부족하다는 이유로 사람 취급도 안 했던 선수였다.

팀의 퀄리티를 위해서 차라리 나가길 바라는 마음에 진드기, 머저리라고 부르기도 했던 선수였다.

이번 대회가 오기 전까지 기회도 주지 않았던 선수였다.

성적에 예민한 자신의 히스테리에 가장 괴롭힘을 당했던 선수이기도 했다.

그래서 더 미안했다.

'이렇게 훌륭한 선수로 성장할 줄 알았다면, 조금 더 빨리 기회를 줘도 괜찮았을 텐데……'

이번 대회에서 대한고등학교가 우승이라는 기적을 만들어 낸데에는 이민혁의 공이 가장 컸다.

이건 과장이 없는 팩트였다.

갑자기 미친 듯이 각성한 이민혁의 활약으로 인해 몇 번이나 힘든 경기를 이겨 낸 것도 사실이었고, 결승전 역시 이민혁의 활약으로 인해서 우승한 것이 사실이었다.

지금 이 순간, 여러 생각이 감독의 머릿속에 스쳤다.

잠시 후.

강철중 감독, 그는 마침내 용기를 냈다.

잠깐이지만 자존심도 버리기로 했다.

그는 눈앞에 서 있는, 한참이나 어린 제자에게 고개를 숙였다.

"민혁아… 그동안… 못되게 굴어서 미안하다."

'……!'

이민혁의 눈이 흔들렸다.

전혀 생각지도 못했던 상황이었다.

그러나.

이내 옅은 미소를 띠었다.

과거의 어두운 상처들은 잊어버리기로 했다.

이젠 밝은 미래만을 바라볼 것이다.

"괜찮습니다, 감독님. 다 지난 일입니다."

"…고맙다."

이민혁과 강철중 감독.

두 남자가 서로의 손을 마주 잡았다.

그런데 이때.

주변이 소란스러워졌다.

여러 무리의 사람들이 대한고등학교 선수들이 모인 곳으로 다가오고 있었다.

그 순간, 이민혁은 알 수 있었다.

"어이구~! 감독님, 오랜만에 인사드립니다!"

국내 프로 팀 스카우터들이 본격적으로 움직이기 시작했다는 것을.

*　　　　　*　　　　　*

스카우터들은 우르르 몰려왔다.

그런데 조금 이상한 점이 보였다.

스카우터들 사이에 서로 일면식이 있는 건 분명해 보였지만, 어느 정도 거리를 두고 있었다는 것이다.

이민혁은 대회에서 뛰지 못했을 뿐, 작년에도 대회에 왔었다.

벤치에서 경기를 구경하며 팀을 응원했었다.

때문에, 저들이 왜 거리를 두고 있는지도 알았다.

'꽤 많은 구단이 대한고등학교를 좋게 봤나 보네.'

저들은 각자 다른 구단에서 파견된 스카우터들이다.

겉으로는 웃고 있지만, 전국고교축구대회 우승팀인 대한고등학교에서 원하는 선수를 데려가기 위해 눈을 빛내고 있었다.

자세히 보니 무리는 5개로 나뉘었다.

즉, 5개의 구단에서 파견한 스카우터들이라는 것.

그중 가장 먼저 나선 건 큰 덩치에 뿔테 안경을 쓴 40대의 남자였다.

"강 감독님, 어째 더 젊어지신 것 같습니다?"

"으하핫! 별말씀을요. 오석환 스카우터님도 어째 30대처럼 보입니다?"

"에이, 저는 나이에 비해 들어 보이면 들어 보였지, 어려 보인다는 말은 못 듣습니다. 그나저나 축하드립니다. 대어를 낚으셨네요! 강 감독님, 저 정말 감명받았습니다?"

"애들이 잘해 줬지요. 내가 뭘 한 게 있겠습니까?"

"사람이 너무 겸손해도 안 좋습니다. 제가 식견은 좁지만, 그래도 강철중 감독님이 제헌고등학교를 상대로 좋은 전술로 상대해서 이긴 것 정도는 다 압니다."

"하하! 칭찬은 감사히 받겠습니다만, 정말 아이들이 열심히 뛰어서 우승한 겁니다."

강철중 감독과 오석환 스카우터는 오래된 지인을 만난 것처럼 친근하게 대화를 나눴다.

이어서 다른 스카우터들과의 대화도 비슷했다.

서로 형식적인 안부를 묻고, 우승을 축하받는 그런 대화를 나눴다.

그런 대화가 끝난 이후엔 스카우터들이 이곳에 온 목적을 드러냈다.

"FC 포항에선 최준 선수와 이민혁 선수에게 관심이 있습니다."

가장 먼저 감독과 대화를 나눴던 오석환 스카우터가 최준과 이민혁의 이름을 꺼냈다.

그러자 주변에 있던 대한고등학교 1, 2학년들이 즉각적인 반응을 보였다.

"오……! 포항에서 최준이랑 이민혁 선배를 데려갈 생각인가 봐! 이거 완전 대박 아니야?"

"대박이지! 포항은 요즘 국내 리그에서 1, 2위를 다투는 팀이잖아. 이야~! 최준하고 이민혁 선배는 인생 폈네!"

"근데 최준이야 뭐, 워낙 천재적이고 원래 잘했지만, 이민혁 선배는 너무 놀랍네. 솔직히 이번 대회 전까지는 존재감 없었는데 갑자기 빵 터지셨잖아."

"그러니까 말이야. 이민혁 선배는 정말… TV에 나와도 될 정도로 놀랍지."

3학년들은 자존심 때문이라도 표정관리를 하며 침묵했지만, 1학년들과 2학년들은 아니었다.

대놓고 부러움과 놀라운 감정을 드러냈다.

FC 포항의 스카우터가 나선 이후, 다른 팀 소속 스카우터들도 줄줄이 원하는 선수의 이름을 꺼냈다.

물론 지금 당장 계약이 이뤄지는 건 아니었다.

선수들은 아직 학생이기에 부모님의 허락을 받아야 하고, 자신이 경쟁력이 있는지, 충분히 성장할 수 있는 팀인지 알기 위해 해당 구단을 조사할 시간도 필요했으니까.

하지만 스카우터들과 감독, 선수들은 알고 있었다.

정식적인 계약이 이뤄지기 전, 스카우터와 선수 사이에서 구두로 선 계약이 이뤄진다는 것을.

지금 이 순간, 스카우터들과 이야기가 잘되면 사실상 해당 구단에 영입될 거라는 것을.

그리고 이때.

스카우터들에게 호명된 선수들이 앞으로 걸어 나왔다.

최준, 이자룡, 문상진, 김철수, 그리고 이민혁까지.

총 5명의 선수가 걸어 나오자, 스카우터들이 주변을 둘러싸곤 명함을 내밀었다.

"FC 포항에서 온 오석환 스카우터다. 너희 잘하더라?"

"서울 유나이티드에서 온 고준태라고 한다. 여기 명함 받아."

프로를 희망하는 선수들에게 스카우터는 갑이 될 수밖에 없다.

간절히 원하던 꿈을 이뤄 줄 사람이 바로 앞에 서 있는데, 선수로서 어떻게 수그리지 않을 수 있겠는가.

그걸 알기 때문일까?

"감사합니다! 부족한 저한테 관심을 주셔서 정말 감사합니다!"

"명함 감사합니다! 부모님과 꼭 긍정적으로 얘기해 보겠습니다!"

"정말 감사합니다! 불러만 주시면 바로 달려가겠습니다!"

"열심히 하겠습니다! 정말 죽어라 노력하겠습니다!"

선수들은 저자세로 명함을 받아 들었고.

스카우터들의 태도는 거만했다.

마치 '그럼 그렇지. 너희들이 안 받고 배기겠어?'라는 표정으로 선수들을 바라봤다.

그런데.

마지막으로 명함을 받는 이민혁의 태도는 조금 달랐다.

다른 선수들과는 달리 감격스러운 표정도 아니었고, 허리를 90도로 굽히지도 않았다.

그저 덤덤한 얼굴로.

"부족한 저한테 관심 가져 주셔서 감사합니다."

감사 인사를 할 뿐이었다.

"…웅?"

"뭐?"

"……?"

꿈틀!

스카우터들의 표정이 굳었다.

불편했다.

감히 자신들의 앞에서 납작 엎드리지 않는다는 것이.

물론 이민혁은 이번 대회에서 가장 화제의 선수였다.

제헌고등학교를 상대로 펼쳐진 결승전에서 최고의 활약을 펼친 선수이자, 이번 대회에서 기적적으로 실력이 급성장한 선수.

힘든 과정을 이겨 내고 날아올랐다는, 드라마와 같은 스토리가 있는 선수였기에 더욱 관심을 끄는 선수였다.

하지만 아무리 그렇다고 해도, 일개 고등학교 선수일 뿐이지 않은가.

국내에서 프로를 꿈꾸는 고등학교 선수라면 '갑'인 스카우터의 앞에서 이딴 태도를 보여선 안 됐다.

다른 선수들이 그랬던 것처럼 '을'답게 굴어야 했다.

그래도 혹시나 실수한 것일 수도 있으니 대표로 FC 포항의 오석환 스카우터가 이민혁을 향해 질문했다.

"민혁아, 네가 혹시 잘못 들었나 해서 다시 말해 주는 건데, 나 FC 포항에서 온 스카우터야. 여기 있는 분들도 죄다 국내 프로 팀에서 파견된 스카우터님들이고, 이해했어?"

그런데.

"예. 이해했습니다."

이민혁의 반응은 여전히 덤덤했다.

굳이 빌빌댈 필요가 없다고 생각했다. 어차피 비즈니스 관계였고, 아직 계약서를 받은 것도 아니었으니까.

더구나 자신은 바이에른 뮌헨과 엮여 있지 않은가.

때문에, 오버하지 않고 기본적인 예의만을 갖출 생각이었다.

"이해했으면… 다른 친구들이 그랬던 것처럼, 관심 가져 주셔서 정말 감사하다고 똑바로 인사해야지?"

오석환 스카우터가 인상을 잔뜩 쓰며 거칠게 말을 뱉어 냈고.

"제 인사가 어디가 잘못됐죠? 분명히 감사하다고 말씀드렸는데요?"

이민혁이 궁금하단 얼굴로 되물었다.

그러자 주변에 서 있던 다른 팀 스카우터들이 이민혁을 향해 한마디씩을 내뱉었다.

"자네, 태도가 너무 건방진 거 아닌가?"

"너 표정이 왜 그래? 축구하기 싫어? 엉? 평생 아마추어 축구 할래? 어딜 감히 싸가지 없이……."

"작년까지 별 볼 일 없던 놈이 이번에 좀 잘했다고 거만해졌냐? 까불지 말고 고개 깊숙이 숙여. 어딜 감히 스카우터들 앞에서 그따위로 대답을 해?"

"눈 안 깔아, 이 새끼야? 우리가 누군지 알면서도 이따위로 행동을 해?! 이래서 근본도 없는 새끼들은 갑자기 뜨면 뭐라도 되는 줄 알고 날뛴다니까? 주제도 모르고 말이야."

날카롭게 날이 서 있는 말들이었다.

스카우터들의 권위가 얼마나 높은지, 자존심들이 얼마나 센지 보여 주는 상황이기도 했다.

그때였다.

"허, 허허! 이민혁이 너 이 자식! 야! 너 왜 이래? 스카우터님들, 오해하지 마시죠. 얘가 지금 좀 피곤해서 그렇습니다. 아시다시피 결승전에서 해트트릭했잖아요? 민혁이가 결승전에서 있는 체력, 없는 체력 다 뽑아 써서 제정신이 아닌 모양입니다."

강철중 감독이 다급하게 끼어들었다.

그는 오버스럽게 웃으며 이상해진 분위기를 재빨리 중재했다.

감독이 나서자, 과열됐던 스카우터들의 분위기가 조금은 가라 앉았다.

오석환 스카우터도 비릿한 미소를 지으며 다시 입을 열었다.

"강 감독님 봐서 한 번 참겠습니다. 어우~! 대가리에 피도 안 마른 새끼 때문에 순간 열 뻗쳤네요. 야, 이민혁이! 너 포항에 오면 초봉으로 4천만 원 가깝게 받을 수 있어. 이게 얼마나 큰돈인지 알지? 네가 축구 안 했으면 평생 구경도 못 했을 돈이야. 그리고 경력 좀 쌓고 신인 딱지 뗀다? 그럼 연봉 1억도 받을 수 있어. 어때? 상상 초월이지? 너 회사 들어가면 이렇게 받을 수 있을 것 같아? 아니지, 절대 못 받지. 내 말이 틀린 것 같아? 지금 당장 너희 부모님에게 전화해서 얘기해 봐. 까무러치게 놀라시곤 당장 계약하라고 할걸?"

신인임에도 4천만 원에 가까운 연봉을 받을 수 있다는 말.

대부분의 고등학생 선수들은 혹할 말이었다.

2013년인 지금, 저 돈은 분명히 큰돈이었으니까.

이민혁 역시 4천만 원이 큰돈인 걸 알고 있었다.

국내 프로 팀 중에서도 가장 돈이 많은 포항답게 통 큰 제안이었다.

신인이기에 어지간해선 이것보다 더 좋은 조건을 받기 힘들게 분명했다.

그러나.

이민혁은 이미 더 좋은 제안을 받았다.

오석환의 으름장 섞인 제안이 우습게 느껴질 정도로 대단한 제안을.

'비교도 안 될 정도로 엄청난 제안이지.'

때문에, 이민혁은 국내 프로 팀 스카우터들의 압박에도 여유 있게 대답할 수 있었다.

"예, 제 생각을 해 주셔서 감사합니다. 근데 전화는 나중에 해 보겠습니다."

"하……! 얘가 말귀를 못 알아듣나? 지금 당장 하라니까?"

"나중에 하겠다고 말씀드렸습니다."

"너 이 새끼, 뭘 믿고 까부는 거야?"

"제가 어떤 부분에서 까불었는지는 모르겠습니다. 근데 한 가지 궁금한 게 있네요. 스카우터님들은 왜 선수들한테 예의를 안 갖춰 주시죠?"

"뭐 이 새끼야? 이런 싸가지……."

"우리가 나이가 어려서 그런가요? 아니면 프로를 간절히 원하는 선수들의 마음을 이용해서 갑질을 하는 건가요?"

"너 이 새끼, 말 다 했어?"

"자꾸 새끼라고 하지 마세요. 내가 왜 당신한테 욕을 먹어야 합니까? 경고하는데, 말 함부로 하지 마세요."

"이… 이! 이런 미친놈이! 너, 진짜 축구 그만두고 싶어?! 내가 누군지 알아? 나 FC 포항 수석 스카우터 오석환이야! 너 내가 축구협회랑도 다리 걸치고 있는 거 모르지? 너, 내가 마음만 먹으면 이 땅에서 축구 못 하게 만들 수 있어!"

"대단하시네요."

피식!

이민혁이 웃음을 터뜨렸다.

나잇값 못 하는 오석환을 향한 비웃음이었다.

"너 지금 웃었어? 방금 비웃은 거 맞지? 이게 감히······!"

오석환의 얼굴이 터질 듯 붉어졌다.

그는 잔뜩 흥분한 채, 이민혁의 멱살을 잡았다.

그때였다.

어느새 다가온 두 남자가 이민혁의 멱살을 잡은 오석환의 손을 떼어 냈다.

"누구야?! 누가 감히 나한테 손을 대?"

휘익!

오석환이 악을 지르며 고개를 돌렸고, 그는 볼 수 있었다.

"···응?"

멋들어진 정장을 입은 외국인 두 명을.

그리고.

그 외국인 중 키가 작은 남자가 유창한 한국말로 자신들을 소개했다.

"제 이름은 루이스입니다. 그리고 이쪽에 계신 분은 파커, 바이에른 뮌헨의 수석 스카우터이시죠."

"···뭔 개소리야?!"

"여기, 명함입니다."

루이스가 명함까지 꺼내 들며 말하자, 오석환을 포함한 국내 프로 팀 스카우터들은 재빨리 명함을 돌려 봤다.

몇 초나 지났을까?

스카우터들의 분위기가 달라졌다.

"지, 진짜잖아?"

"진짜 바이에른 뮌헨의 스카우터들이야!"

"미친! 바이에른 뮌헨에서 여길 왜 와?!"

루이스가 여유롭게 웃었다.

동시에 큰 목소리로 외쳤다.

"방금 바이에른 뮌헨의 수석 스카우터인 파커 씨가 말씀하셨습니다. 우리 선수가 곤경에 빠진 것 같아서 끼어들지 않을 수가 없었다고요."

그 순간, 경기장에 있던 모두가 경악했다.

가장 먼저 명함을 확인한 스카우터들은 물론이고, 선수들, 감독, 코치까지.

전부 경악할 수밖에 없었다.

"억?! 바이에른 뮌헨이라고? 설마 내가 아는 그 바이에른 뮌헨?"

"뭐야? 이게 지금 무슨 일이야? 바이에른 뮌헨 스카우터들이라고? 저 사람들이 여기 왜 있어? 도대체 이민혁이랑 무슨 관계지?"

"지금 저 외국인이 한 말 들었어? 이민혁이 자기네 선수라는데? 그럼 이민혁이 바이에른 뮌헨으로 간다는 거야?!"

"…미쳤다! 이건 진짜 미친 상황이야!"

바이에른 뮌헨이라니!

그 누가 예상했겠는가.

국내 스카우터들이 갑질을 하는 상황에서 바이에른 뮌헨의 스카우터들이 튀어나올 거라고.

이건 사실상 대패삼겹살 먹는 자리에서 최상급 한우 스테이

크가 나온 격이었다.

당연하게도 국내 프로 팀 스카우터들은 표정 관리를 하지 못하고 있었다.

이들은 굉장히 당황하고 있었다.

"여, 여기서 바이에른 뮌헨 스카우터가 왜 나와?"

"말도 안 돼⋯⋯!"

"이민혁이 바이에른 뮌헨이랑 엮여 있었나고⋯⋯?"

"저, 근본도 없는 놈이 바이에른 뮌헨⋯⋯?"

"젠장! 제대로 똥 밟았군!"

독일에서 스카우터가 온다는 걸 미리 알았으면 이렇게까지 당황하지 않았을 것이다.

그러나 전혀 몰랐다.

바이에른 뮌헨에서 한국의 전국고교축구대회를 보러 올 거라는 걸.

이들이 이민혁을 영입할 거라는 걸.

국내 프로구단 스카우터들은 정보력에 자신이 있던 사람들이기에, 지금 벌어진 일은 더욱 충격적으로 다가왔다.

같은 시각, 이민혁도 놀란 얼굴로 파커와 루이스를 쳐다봤다.

'이건 또 무슨 상황이야?'

파커와 루이스.

바이에른 뮌헨의 스카우터들인 이 사람들과는 이미 이야기가 잘되고 있었다. 연락도 꾸준히 하고 있었다.

때문에, 결승전까지 보러 올 거라는 건 알았지만, 지금과 같은 상황에서 나설 줄은 몰랐다.

하지만.

'이 사람들, 좀 멋있네.'

우리 선수라며 도움을 준 파커와 루이스의 모습은 분명 멋있었다.

아직 정식으로 바이에른 뮌헨의 선수가 된 게 아니었음에도 이렇게 나서기란 쉽지 않은 일이었으니까.

더불어 처음 봤을 때와는 달리 정장을 빼입은 파커와 루이스는 겉모습만으로도 아우라를 뿜어내고 있었다.

"파커 씨께서 지금부터 한 번만 더 우리 선수에게 손을 대면 법적으로 해결하겠다고 말씀하셨습니다."

부리부리한 눈을 번뜩이는 파커와 루이스의 모습에서는 남다른 위엄이 드러났고.

"씨, 씨바……! 이게 뭔 개같은 경우야?"

FC 포항의 수석 스카우터 오석환은 이들의 눈을 피하며 한 걸음 뒤로 물러났다.

그때였다.

주변에 있던 축구 관계자들이 수군대기 시작했다.

"우와~! 바이에른 뮌헨에 제안받은 선수한테 국내 리그로 오라고 한 거야? 안 오면 한국에서 못 뛰게 한다고 협박까지 하고? 대단하다, 대단해."

"푸흡! 바이에른 뮌헨 스카우터라니까 바로 물러서는 거 봤어? 저 사람, FC 포항 수석 스카우터 맞지? 어우! 추하다, 추해! 수석 스카우터라는 사람이 저러니까 국내 리그가 무시받지."

"역겹다, 정말. 이런 게 기사로 나가야 하는데. 어? 저기 기자들 있네! 그동안 저 스카우터들 모가지 뻣뻣한 거 꼴 보기 싫었던 참인데, 잘됐네."

"오석환 저 양반, 갑질의 끝을 보여 주던 인간인데 드디어 기죽는 모습을 보네. 크! 속이 다 시원하다!"

분명 작은 목소리로 떠드는 것이었지만, 오석환과 다른 스카우터들의 귓속에 파고들기엔 충분한 크기였다.

그런데 이때.

오석환이 터질 듯 붉어진 얼굴로 소리를 빼액 질렀다.

"다들 입 안 닥쳐? 관련 없는 사람들은 끼지 말고 조용히 찌그러져 있어! 평소엔 말도 못 하다가 어디서……!"

한참을 씩씩대던 오석환의 시선이 이민혁에게로 향했다.

"야, 이민혁! 너도 기고만장하지 마. 지금 바이에른 뮌헨이랑 엮이니까 세상이 다 네 거 같지? 엉? 네가 막 바이에른 뮌헨 가서 주전 먹고 그럴 것 같지? 에라이, 이 세상 물정도 모르는 새끼야, 착각하지 마. 넌 어차피 가 봤자 1군에 들어가지도 못해. 이 외국인들이 그때도 네 편 들어 줄 거 같아? 아니? '바로 버린다'에 내 손모가지 건다. 그냥 독일에 있는 동안 2군에서 전전긍긍하다가 결국 다시 한국으로 돌아오는 거, 이게 네 미래야 이 붕신아! 그때 되면 너 받아 주는 곳 있을 것 같아? 그래, 있을 수도 있겠지. 근데 내가 그거 막을 거야. 이민혁이란 놈이 한국에서 절대 뛰지 못하게 만들 거라고, 내가!"

피식!

이민혁이 웃음을 터뜨렸다.

너무 황당해서 터진 웃음이었다.

"정말 추하시네요. 근데 오석환 스카우터님, 여기 기자님들도 많은데, 그런 발언을 해도 되는 거예요?"

정말 궁금해서 질문했다.

주변에 있는 기자들이 이곳을 촬영하는 게 보였으니까.

그런데.

오석환은 여전히 당당했다.

"기자? 내가 기자들이랑 연이 없을 것 같아? 저기 보이는 기자들이 나를 죽일 것 같아? 꼬맹아, 잘 생각해 봐. 저 사람들이 FC 포항의 수석 스카우터인 나와 아직 프로도 못 된 아마추어 선수 중 과연 누굴 죽일까?"

국내 프로 팀 스카우터들과 기자들이 이미 긴밀히 엮여 있다는 걸 내포하는 말이었다.

기자들 역시 침묵으로 답했다. 사실상 오석환의 말에 동의하는 것이라고 봐도 되는 상황이었다.

그런데 이때.

루이스가 나섰다.

조그마한 물건을 꺼내든 채로.

"기자님들, 여기 보이는 물건은 오석환 씨가 한 말을 전부 녹음한 녹음기입니다. 이걸 터뜨리면 아마도 오석환 씨뿐만 아니라 여기 계신 기자님들에게도 제법 큰 영향이 있겠죠?"

씨익!

루이스가 하얀 치아를 드러내며 웃었다.

그러나 그의 눈은 날카롭게 벼려진 채, 기자들을 압박했다.

그러자 침묵으로 일관하던 기자들의 눈이 흔들렸다.

"……!"

"녹음을 했다고……?!"

"이런 썅! 바이에른 뮌헨에서 온 스카우터가 왜 우리를 녹취해? 이거 재수가 없으려니까……!"

"젠장! 녹음을 할 줄은 몰랐네… 독일 새끼가 한국말은 또 왜 저렇게 잘하는 거야?"

기자들의 반응을 본 루이스는 여전히 미소를 띤 얼굴로 다음 말을 뱉어 냈다.

"녹음 파일이 필요한 기자님들은 파커 씨의 이메일로 연락 주시면 됩니다. 아! 분명히 말하지만, 저와 파커 씨는 기자님들까지 피해를 보는 걸 원치 않습니다."

*   *   *

파커와 루이스는 강철중 감독에게 양해를 구하고 이민혁을 데려갔다.

여전히 대한고등학교와 경기장은 혼돈에 빠져 있었지만, 이민혁과 바이에른 뮌헨의 스카우터들은 평온한 얼굴로 차에 올라탔다.

이후, 이들은 이민혁의 부모님을 만나서 정식으로 바이에른 뮌헨의 스카우터로서 영입을 제의했다.

이들이 내민 조건은 지금의 이민혁에겐 충분히 훌륭한 수준이었다.

3년 계약에 연봉 1억 5천만 원.

세부 조항도 괜찮았다.

1군에 들어가면 연봉을 크게 올려 주고, 활약상에 따라 추가로 연봉 협상이 진행되는 조항도 포함되어 있었으니까.

최소한, 국내 프로 팀들이 내민 조건들과는 비교도 안 될 정도로 좋았다.

조건을 들은 이민혁의 부모님은.

"어머! 우리 민혁이가 연봉 1억 5천만 원이요? 여보… 이거 지금 꿈 아니죠?"

"그, 그러게… 우리 민혁이가 그렇게 축구를 잘했었나? 바이에른 뮌헨에 갈 정도로?"

얼떨떨하다는 반응을 보이셨다.

"어머니, 아버지; 저 열심히 했어요."

이민혁이 환하게 웃었다.

부모님이 자신의 실력을 모르는 건 이상한 일이 아니었다.

머저리 취급을 받는 걸 보여드리기 싫어서 응원을 오신다고 할 때마다 극구 거부했었으니까.

중학교 때부터는 자신이 축구를 하는 모습을 절대 보여드리지 않았으니까.

그럼에도 부모님은 늘 자신을 믿어 주셨다.

아들이 알아서 잘할 거라며 절대 포기하지 말라고 말씀해 주셨다.

지금도 다르지 않았다.

"민혁 아빠 생각은 어때요? 전 민혁이가 원하는 대로 하게 해 주고 싶은데."

"나도 마찬가지지. 우리가 또 자식은 강하게 키웠잖아요? 민혁아, 네가 하고 싶은 대로 해."

선택의 권한을 100% 아들에게 넘겨주시는 부모님의 모습에.

이민혁은 깊숙이 고개를 숙이며 대답했다.

"믿어 주셔서 정말… 감사합니다."

다만, 부모님에게 걱정이 없는 건 아니었다.

협상이 끝난 이후, 이민혁이 잠들었을 때.

이민혁의 아버지인 이석훈과 어머니 최연희는 걱정스러운 얼굴로 대화를 나눴다.

"여보… 우리가 민혁이의 앞길을 막진 않겠죠?"

두 사람, 특히 최연희가 걱정하는 부분은 다음과 같았다.

아들을 위해 독일에서 함께 살기로 결정을 내렸지만, 한국에서의 직업을 버리고 생판 언어도 모르는 나라에서 다시 일을 시작해야 한다는 것.

이건 아득한 두려움이 느껴지는 일이었다.

"걱정하지 말아요. 구단에서 자리 잡을 수 있게 도움 주기로 했고, 우리도 아직 젊잖아요? 다른 나라에 가도 충분히 잘 해낼 수 있어요. 그러니 힘냅시다. 부모인 우리가 흔들리는 모습을 보이면 민혁이가 힘들어할 거예요."

이석훈의 말이 끝난 순간, 최연희의 얼굴에 드러나던 걱정이 조금은 줄어들었다.

"…알겠어요. 저도 최선을 다해서 독일어도 배우고 적응해 볼게요."

"제 아내지만 참 멋지십니다. 그리고 당신, 학창 시절에 영어도 잘했다면서요? 그럼 독일어는 금방 배우지 않을까?"

"아잇! 왜 벌써 이십 년도 지난 얘기를 하고 그러실까? 지금은 머리도 다 굳었을 거예요."

"하하! 난 언어는 당신만 믿으려고 그랬지."

"웃기지 말아요! 하루 두 시간씩은 꼭 같이 독일어 공부할 거니까 그렇게 아세요."

이제야 웃음을 보이는 최연희의 모습에 이석훈의 얼굴에 있던 장난기가 더욱 진해졌다.

"윽……! 갑자기 독일행이 고민되는데……?"

"또 장난친다!"

*   *   *

다음 날.

국내 최대 포털사이트인 '네이바'의 스포츠 카테고리엔 몇 개의 기사가 떠올랐다.

하루에 수십, 수백 개의 기사가 생성되는 곳이기에 어지간한 제목과 내용으론 화제가 되기 힘든 이곳.

그런데 지금 뜬 기사는 금세 사람들의 관심을 끌어모았다.

말 그대로 조회수가 폭발했다.

「대한고등학교 우승의 주역 이민혁, 국내 프로 팀 스카우터들에게 협박당해!」

「드라마 같은 스토리를 쓴 대한고 이민혁, 바이에른 뮌헨의 스카우터가 직접 영입 요청?」

「FC 포항의 수석 스카우터 오석환, 바이에른 뮌헨으로 떠날 이민혁을 협박하다.」

「FC 포항의 수석 스카우터 오석환, 축구협회와도 줄이 있다며 고교 선수 협박해.」

같은 시각.

"우리 입장도 어쩔 수 없네. 여기까지만 하게."

"예? 아니! 어떻게 저를 버릴 수가 있습니까?!"

"그러니 너무 나대지 말았어야지."

"이, 이럴 수는 없습니다! 정말 이럴 수는 없어요! 제발… 제발 한 번만 더 고려해 주세요!"

"당장 나가게!"

오석환은 FC 포항에서 해고를 통보받았다.

"이럴 수가… 어떻게 내가……."

그는 알고 있었다.

몇몇 기자들은 자신의 이익을 위해서라면 얼마든지 뒤통수를 칠 수 있는 사람들이라는 걸.

하지만 몰랐다.

그 얻어맞는 뒤통수가 자신의 것이 될 수도 있다는 걸.

*　　　　*　　　　*

"진짜 신기하네."

이민혁에겐 비현실적인 일들의 연속이었다.

19세가 된 지금까지 축구를 해 오며 목표는 오직 하나였다.

프로축구 선수가 되는 것.

물론 어려운 목표였다.

국내 프로 팀에 들어가기도 쉽지 않은 게 현실이었다.

그러나 지금은?

과거와는 비교도 할 수 없을 정도로 성장했고, 출전하는 게 목표였던 전국고교축구대회에서 선발 선수가 됐다.

더불어 팀의 우승을 이끌었고, 국내 프로 팀들뿐만 아니라 세계적으로 유명한 구단인 바이에른 뮌헨에서도 영입 제안을 받았다.

이젠 단순히 프로축구 선수가 아닌, 유럽과 프로축구 선수가 될 판이었다.

'바이에른 뮌헨이라……'

FC 바이에른 뮌헨.

세계 3대 리그라고 불릴 정도로 유명한 리그인 독일 분데스리가.

그곳에서 늘 최고의 팀으로 꼽히는 팀이다.

당연하게도 세계적으로 유명한 팀이었고, 2013년인 현시점에서 팀의 전력 역시 전 세계 다섯 손가락 안에는 충분히 들어갈 팀이었다.

축구를 전문적으로 하는 사람이라면 모를 수가 없는 팀.

그게 바로 바이에른 뮌헨이었다.

그리고.

"역시 빅클럽은 다르네."

바이에른 뮌헨은 빅클럽답게 통이 컸다.

청소년인 이민혁과 평생을 한국에서 살아오신 부모님이 독일에서 적응할 수 있게끔 많은 부분을 지원해 주기로 약속했다.

이민혁이 바이에른 뮌헨에 있는 동안 지낼 수 있는 숙소를 제공해 주기로 했고, 한국에서 요식업을 하던 부모님이 독일에서 일을 다시 할 수 있게 도와주기로 했다.

게다가 바이에른 뮌헨의 선수들 여럿이 소속된 매니지먼트를 소개해 줬고, 그곳을 통해 이민혁의 개인 매니저 겸 독일어 과외 선생님을 한국으로 보내 주기까지 했다.

"안녕하세요. 앞으로 이민혁 선수를 옆에서 도와드릴 피터 한입니다."

"안녕하세요. 이민혁입니다."

"그냥 피터라고 불러 주시면 됩니다."

한국계 독일인인 피터는 어머니가 한국 분이라고 했다.

그래서인지 유창한 한국어를 구사했다.

피터는 이민혁뿐만 아니라 어머니인 최연희와 아버지인 이석훈에게도 독일어를 가르쳐 줬다.

바이에른 뮌헨에 고용될 땐 이민혁만 가르치는 조건이었다는데, 막상 이민혁과 그의 부모님을 보니 같은 한국인의 피가 흐르는 사람으로서 도와주고 싶었다나?

"하하! 그래서 말이죠, 제가 걔들한테 한국계라고 얘기하니까……."

대화를 나눠 본 피터는 친절하고 유쾌한 사람이었다.

그의 도움으로 인해, 이민혁의 가족은 독일로 떠나기 3주 정도가 남은 상황에서 미리 독일의 문화와 언어를 공부할 수 있게 됐다.

3주간 이민혁의 부모님은 독일에서의 생활을 위해 한국에서의 삶을 바쁘게 정리하셨고.

이민혁은 오로지 두 가지에만 집중했다.

첫 번째는 몸을 만드는 것.

정확히는 바이에른 뮌헨 측에서 보내 준 컨디션 회복 프로그램에 가까웠다.

바이에른 뮌헨의 훈련을 잘 받기 위해서 좋은 컨디션을 만들어 오라는 숙제였다.

두 번째는 당연히 언어였다.

지금까지 말이 통하지 않은 적이 없었기에, 말이 통하지 않으면 얼마나 불편할지 상상도 되지 않았다. 솔직히 두려움이 느껴졌다.

그래서일까?

이민혁은 독일어를 공부하는 것에 특히나 많은 노력을 쏟았다.

마침내 3주라는 시간이 지난 이후.

이민혁은 부모님, 피터와 함께 독일로 떠났다.

독일에 도착한 후, 정식으로 메디컬 테스트를 받았고 숙소로 이동했다.

그리고 며칠 뒤.

이민혁은 드디어 바이에른 뮌헨의 소속 선수가 되었다.

*   *   *

바이에른 뮌헨 소속이 된 이후.

이민혁은 피터가 운전하는 차에 올라타 바이에른 뮌헨의 훈련장으로 향했다.

오늘은 미팅이 있는 날이었다.

"긴장되세요?"

"조금요."

후우!

이민혁이 숨을 크게 내쉬었다.

긴장감이 솟구쳤다. 결승전을 치를 때보다 더 강한 긴장감이었다.

이제는 정말 뮌헨이었다.

독일 최강의 팀인 바이에른 뮌헨의 훈련장에 도착해 버린 것이다.

이때, 피터가 진지한 얼굴로 말했다.

"이민혁 선수, 도움이 될지는 모르겠지만, 제가 감히 조언 하나만 해도 될까요?"

스윽!

이민혁의 시선이 피터에게로 향했다.

바이에른 뮌헨의 스카우터 루이스에게 들었다. 피터는 독일에서 잔뼈 굵은 매니저라고.

여러 선수와 일해 본 경험도 있다고 들었다. 때문에, 이민혁은 피터의 말에 관심을 보였다.

"편하게 말씀해 주세요. 지금의 저한텐 전부 다 도움이 되는 말일 거예요."

"그럼 말씀드릴게요. 바이에른 뮌헨에서 이민혁 선수를 영입한 이유는 확실합니다. 빠르고 과감한 돌파를 시도할 수 있는 윙어이기 때문이죠."

"예. 스카우터님들에게 들었었어요."

"여기서 포인트는 바이에른 뮌헨에선 이민혁 선수가 '지금 당장 잘하는 것'을 원하는 게 아니라는 겁니다."

"……?"

"바이에른 뮌헨의 훈련은 체계적입니다. 어지간한 기술이나 체력, 전술적인 부분은 일정 수준 이상으로 끌어올려 줄 수 있을 정도로 대단한 수준이죠. 때문에, 바이에른 뮌헨은 자신들이 가르칠 수 없는 부분을 가진 선수를 원합니다."

"가르칠 수 없는 부분이요? 그게 뭐죠?"

"선수의 타고난 기질과 스피드죠."

"그렇다는 건……?"

"현재 이민혁 선수의 잃을 것 없다는 마인드로 덤벼드는 기질과 스피드를 높게 평가하고 있다는 겁니다. 즉, 이민혁 선수는 최대한 부담감을 버리고 실력을 보여 줘야 할 때, 위축되지 않고 과감하게 보여 주셔야 합니다. 지금까지 주제넘은 조언이었습니다."

"아뇨, 말씀해 주셔서 너무 감사합니다."

대화는 거기까지였다.

이민혁은 차에서 내리기 전까지 머릿속으로 피터의 말을 곱씹었다.

'잃을 것 없다는 마인드로 덤벼드는 기질이라고……?'

맞는 말이었다.

전국고교축구대회에서 뛸 때, 이민혁은 늘 생각했었다.

자신은 잃을 게 없다고.

늘 자신감 있게 플레이하자고.

결과는 좋았다.

바이에른 뮌헨에까지 오게 됐으니까.

때문에 지금.

이민혁은 다짐했다.

'한국에서 그랬던 것처럼 잃을 것 없다는 생각으로 즐기자.'

절대 위축되지 않고 매 경기에서 자신감 있게 뛰겠다고.

축구를 즐기겠다고.

*   *   *

FC 바르셀로나는 세계 최고의 팀 중 하나다.

2013년인 지금, 어쩌면 바이에른 뮌헨보다도 더 높게 평가받고 있는 팀이기도 했다.

그리고.

이 FC 바르셀로나의 황금기를 이끌던 감독이 있었다.

민머리에 진한 눈썹, 차가운 분위기를 뿜어내던 감독.

180㎝의 큰 키에 늘 멋진 정장을 입는 것으로도 유명한 남자이자, 명실상부 세계 최고의 감독 중 하나라고 평가받는 남자.

그 남자는 지금, 바이에른 뮌헨의 미팅 룸 안에서 이민혁을 향해 손을 내밀었다.

"이민혁 선수, 반가워요. 전 이번 2013/14시즌부터 바이에른 뮌헨의 감독직을 맡은 펩 과르디올라입니다."

"……!"

이민혁의 눈이 커졌다.

펩 과르디올라.

그는 말 그대로 FC 바르셀로나의 황금기를 이끌었던 감독이었다.

이민혁 역시 축구를 좋아했기에 바르셀로나와 레알 마드리드의 경기는 꼭 챙겨 보는 편이었다.

당연하게도 펩 과르디올라 감독의 존재도 잘 알고 있었다.

그리고.

그가 이번 시즌부터 바이에른 뮌헨의 감독직을 맡고 있다는 것도 알고 있었다.

그럼에도 놀란 것이다.

TV에서나 보던 유명한 감독이 자신의 앞에 서 있다는 건, 이미 알고 있었음에도 놀랄 만큼 충격적인 일이었다.

'침착하자.'

이민혁은 심호흡했다.

'앞에 선 남자는 팀의 감독일 뿐이야'라고 스스로를 다독였다.

동시에.

펩 과르디올라 감독이 내민 손을 맞잡았다.

"반갑습니다. 저는 대한고등학교에서 온 이민혁입니다."

이후, 펩 과르디올라와의 대화가 진행됐다.

통역은 여러 나라의 언어에 능통한 매니저, 피터가 맡아 줬다.

"솔직히 말하겠습니다. 저는 이민혁 선수가 아직은 바이에른 뮌헨 1군에서 뛸 전력은 아니라고 생각합니다. 앞으로 어떻게 성장하냐에 따라서 달라지겠죠. 하지만 이것만큼은 분명히 말하겠습니다. 전 이민혁 선수가 좋은 선수가 될 거라고 확신하고 있습니다. 그리고… 여하튼 이민혁 선수가 가까운 미래에 바이에른 뮌헨의 주전선수가 되길 응원하겠습니다."

펩 과르디올라 감독의 말을 요약하자면 다음과 같았다.

이번에 2013/14시즌을 맞이하는 그의 1군 전력 안에 이민혁의 자리는 없다는 것.

앞으로 2군에서 뛰며 열심히 배우고 성장해서 꼭 1군에 들어오길 바란다는 것.

이민혁은 묵묵히 펩 과르디올라의 말을 들었고, 입술을 강하게 깨물었다.

마침내 펩 과르디올라의 말이 모두 끝났을 때.

이민혁이 피터를 바라봤다.

"피터, 펩 과르디올라 감독님에게 제가 부탁할 게 있다고 전해 주실 수 있나요?"

"예……? 물론 가능하죠."

"감사합니다. 바로 부탁드릴게요."

피터는 이민혁의 뜻을 전했다.

그러자 펩 과르디올라가 의아함을 담은 눈으로 이민혁을 바라봤다.

마치 '더 이상 무슨 대화가 필요하지?'라는 차가운 눈빛이었다.

그때였다.

이민혁이 펩 과르디올라의 눈을 응시하며 입을 열었다.

"오늘 1군 훈련에 참여해 볼 기회를 주실 수 있겠습니까?"

뮌헨에 오기 전까지 매일 따로 시간을 내서 연습했던 카탈루냐어 문장 중 하나였다.

*   *   *

"하하하핫!"

펩 과르디올라 감독이 웃음을 터뜨렸다.

차가워 보이던 인상과는 전혀 어울리지 않는 웃음이었다.

"재밌군, 정말 재밌어! 피터 씨? 방금 이 소년이 저한테 1군 훈련에 참여할 기회를 달라고 한 것 맞죠? 그것도 저를 처음 만난 날에?"

"…예?"

피터가 당황한 얼굴로 대답했다.

그는 이민혁의 말을 알아듣지 못했다. 여러 언어를 할 수 있는 그였지만, 카탈루냐어는 할 줄 몰랐으니까.

그러나 이내 스페인어로 말한 펩 과르디올라의 말은 알아들었고, 당황할 수밖에 없었다.

펩 과르디올라가 누구던가!

그 누구보다도 냉정하게 팀을 운영하는 감독이었다.

자신의 마음에 들지 않으면 아무리 네임 밸류가 대단한 선수라도 과감하게 내쳐 버리는 감독.

유명한 일화로 FC 바르셀로나 시절, 브라질의 전설적인 선수인 호나우지뉴를 내쳐 버리지 않았던가.

그런데 지금, 바이에른 뮌헨의 유스 출신도 아닌, 이제 갓 영입된 17세 소년이 펩 과르디올라 감독에게 1군 선수들과의 훈련 기회를 달라고 한다. 그것도 오늘 바로!

이건 피터의 머릿속에선 상상도 하지 못했던 일이었다.

때문에, 피터는 제발 아무 일도 일어나지 않기를, 펩 과르디올라 감독이 화나지 않기만을 바랐다.

하지만 피터의 걱정은 괜한 것이었다.

"피터, 걱정할 것 없습니다. 난 지금 진심으로 재밌어서 웃고 있는 겁니다. 최근에 이 정도로 당돌한 선수를 본 적이 없거든요. 그동안 나한테 1군 훈련에 참여하게 해 달라는 부탁을 한 선수들은 많지만, 내 고향인 카탈루냐의 언어를 연습해 온 선수는 정말 처음입니다. 이 친구는 정말… 으하하!"

한참을 웃던 펩 과르디올라가 이민혁의 눈을 응시했다.

'이 친구, 재밌네?'

그의 시선이 향한 곳.

그곳엔 여전히 이글거리는 눈빛을 보내고 있는 한국인 소년이 보였다.

그리고 지금.

스윽!

펩 과르디올라가 양손을 하늘 높이 들어 올렸다.

"이민혁 선수, 내가 오늘은 당신에게 졌습니다. 그리고 약속하겠습니다. 당신은 오늘 펼쳐질 바이에른 뮌헨 1군 훈련에 참여할 것입니다."

Chapter. 5

펩 과르디올라는 강조했다.

"절대 오해하면 안 됩니다. 이민혁 선수는 오늘 하루만 1군 훈련에 참여하는 겁니다. 이후엔 2군에서 훈련하며 절차를 밟아야 합니다."

1군에서 훈련할 기회를 주는 건 오늘뿐일 거라고.

이후엔 절차를 밟아야 한다고.

이민혁은 감독의 말에 동의했다.

다만, 입을 꾹 다물고 있을 생각은 없었다.

어차피 잃을 게 없다는 마인드였으니까.

"감독님, 제가 만약 1군 선수들과의 훈련에서 좋은 모습을 보인다면, 또 불러 주실 건가요?"

"안 그럴 이유가 없죠. 그러나 1군 선수들은 이민혁 선수가 상상하는 것 이상의 괴물들입니다. 그들과 훈련하면서 눈에 띄는 건 사실상 어려운 일입니다."

펩 과르디올라 감독의 얼굴엔 여전히 재밌다는 감정이 드러났지만, 입에서 흘러나오는 말은 냉정했다.

그는 정확히 현실적인 대답만을 내놓았다.

이민혁이 고개를 끄덕였다.

펩 과르디올라 감독이 하는 말을 이해하는 건 어렵지 않았다.

기분이 나쁘지도 않았다. 맞는 말이었으니까.

다만, 이민혁은 늘 불가능해 보이는 목표를 향해 달리던 사람이었다.

항상 아득한 목표를 좇던 그였기에, 1군들과의 훈련이 전혀 두렵지 않았다.

"어렵겠죠. 하지만 저는 어떤 상대로도 위축되지 않고 제가 가진 모든 걸 쏟아 낼 수 있습니다. 만약 제 모든 걸 쏟아 낸 실력이 조금이나마 통한다면, 분명 감독님의 눈에 띌 겁니다."

"하… 하핫! 아하하핫!"

펩 과르디올라 감독이 손바닥으로 이마를 감싸며 웃었다.

잠시 후, 웃음을 멈춘 그가 이민혁을 향해 엄지를 들어 올렸다.

"한국에서 정말 재밌는 친구가 왔네요. 그래요, 이민혁 선수. 오늘 기대해 보겠습니다."

그때였다.

원 따봉을 받은 이민혁이 펩 과르디올라 감독을 향해 엄지를 들어 올렸다.

맞따봉이었다.

"기회를 주셔서 감사합니다."

*   *   *

펩 과르디올라 감독과의 대화를 마친 뒤.

이민혁은 피터, 바이에른 뮌헨 관계자와 함께 주변을 짧게 구경한 뒤, 훈련장으로 향했다.

바이에른 뮌헨의 훈련장.

그곳엔 유니폼을 입은 선수들이 몸을 풀고 있었다.

"……!"

이민혁의 눈이 커졌다.

세계적으로 유명한 선수들이 코앞에서 몸을 풀고 있는 모습을 보니 너무 신기했다.

그때였다.

얼굴에 큰 흉터를 지닌 남자가 다가왔다.

키는 170㎝ 정도로 크지 않았지만, 마치 2m 거인을 보는 듯한 아우라가 느껴지는 남자였다.

"리, 리베리?!"

프랑크 리베리.

험상궂은 얼굴처럼 실제로도 거친 성격으로 유명한 선수.

그렇지만 실력만큼은 확실히 월드클래스라고 평가받는 선수였다.

더구나 그의 포지션은 이민혁과 같은 윙어였다.

바이에른 뮌헨의 부동의 주전이자 실질적 에이스 중 한 명으로 이민혁이 언젠가는 넘어야 할 높은 산이기도 했다.

지금 이 순간, 이민혁은 놀랐다.

이처럼 세계적인 선수인 프랑크 리베리가 자신에게 말을 걸어 왔으니까.

"넌 누구냐?"

이민혁은 리베리의 말을 알아들을 수 없었다.

열심히 독일어를 공부하고 있지만, 순간적으로 머리가 하얘졌으니까.

그 모습을 본 매니저 피터가 재빨리 통역을 해 줬다.

"넌 누구냐고 하는데요?"

"아… 그래요?"

이민혁은 프랑크 리베리를 바라봤다.

그는 빨리 대답을 하라는 듯 고개를 반쯤 꺾곤 시큰둥한 얼굴을 하고 있었다.

"저… 는 한국에서 온 이민혁입니다."

그동안 열심히 연습한 독일어 문장이었다.

좀 더듬긴 했지만, 나름 나쁘지 않게 말했다고 생각하고 있을 때.

"한국에서 왔다고? 독일어 잘하네. 연습 좀 했나 봐?"

프랑크 리베리가 씨익 웃으며 칭찬을 건넸다.

하지만 전혀 사람이 좋아 보이진 않았다. 웃는 얼굴이 오히려 더 험상궂게 느껴졌으니까.

이후, 이민혁은 피터의 도움을 받아 리베리와 짧게나마 대화를 나눌 수 있었다.

"감사합니다. 열심히 배우고 있어요."

"그렇군. 1군에 들어온 거야? 한국에서 온 선수가 1군에 들어왔다는 소식은 못 들었는데."

"아뇨, 감독님이 오늘만 1군에서 훈련할 수 있게 해 주셨어요."

"그래, 열심히 해."

대화는 여기까지였다.

프랑크 리베리는 시크하게 몸을 돌려서 멀어졌다.

"와… 피터, 저 방금 리베리랑 얘기한 거 맞죠?"

"맞아요. 근데 신기하네요. 프랑크 리베리가 어지간해선 신인 선수들한테 관심을 안 주기로 유명한데 말이죠."

"그래요? 그 말을 들으니까 기분이 더 들뜨네요."

이민혁의 눈이 초롱초롱하게 빛났다.

조금이라도 더 빨리 이들과 뛰어 보고 싶어졌다.

과연 프랑크 리베리의 실력은 실제로 보면 어느 정도일까?

바이에른 뮌헨에서 붙박이 주전으로 뛰는 선수는 과연 얼마나 잘할까?라는 궁금증들이 머릿속에 가득 차올랐다.

그때였다.

"리! 이쪽으로 와!"

자신을 코치라고 소개했던 남자가 이민혁을 불렀다.

"예!"

이민혁은 연습했던 독일어로 짧고 굵게 대답하며 코치가 있는 곳으로 빠르게 달려갔다.

그 모습을 본 코치가 작게 웃음을 터뜨렸다.

"어린 친구답지 않게 각이 잘 잡혀 있네. 조금 전에 감독님한테 들었어. 오늘 훈련에 참여하기로 했다고?"

"예."

"몸은 아직 안 풀었지?"

"예, 아직 안 풀었습니다."

"잘됐네. 우리도 이제 제대로 시작하려고 했는데, 같이 하면 되겠다."

여전히 미소를 머금은 코치가 흩어져 있던 선수들을 향해 소리쳤다.

"이봐! 다들 모여 봐! 여기 있는 친구가 오늘 1군 훈련에 참여할 거야!"

코치의 말에 바이에른 뮌헨의 1군 선수들이 관심을 보였다.

하던 일을 멈추고 이민혁이 서 있는 곳을 향해 천천히 걸어왔다.

마침내 선수들이 다 모였을 때.

두근! 이민혁의 심장이 크게 뛰었다. 이곳에 모인 선수들의 얼굴은 신기한 걸 넘어, TV에서만 보던 연예인처럼 느껴졌다.

"한국에서 온 재능 있는 선수래. 포지션은 윙어고, 나이는… 몇 살이라고 했지?"

"…17세입니다."

이곳은 독일이었기에, 당연히 한국 나이가 아닌 해외 나이로 대답했다.

그러자 주변이 소란스러워졌다.

"오~! 17세에 바이에른 뮌헨 1군에서 훈련을 한다고? 놀라운데?"

"내가 아까 들었는데 펩이 오늘 한 번만 연습경기 뛰게 해 주는 거라더라. 아마 앞으로는 2군에서 훈련하겠지."

"그래도 저 나이에 한 번이라도 1군에서 뛰어 보는 게 어디야? 저 친구가 감독님의 마음에 들었나 보지?"

"그러니까 여기에 있겠지."

순식간에 주변이 시끄러워지자, 코치가 선수들을 중재했다.

"자, 자! 다들 훈련 시작하자. 신입도 있으니까, 처음부터 시작하자고."

훈련이 시작됐다.

고맙게도 코치와 선수들은 오늘 처음 이곳에 온 이민혁을 배려해 줬다. 진행하던 훈련부터 이어 가는 게 아닌, 처음부터 다시 시작해 주는 배려였다.

이쪽 시스템을 잘 모르지만, 이민혁은 이게 얼마나 대단한 배려인지 눈치로 알 수 있었다.

저들의 인기와 네임 밸류, 몸값이 얼마던가.

저들이 자신에게 시간을 맞춰 준다는 건 정말 대단한 특혜였다.

"바로 이어서 드리블 훈련으로……"

훈련은 코치의 지시에 맞춰서 진행됐다.

스트레칭부터 가볍게 몸을 푸는 훈련, 드리블, 패스, 슈팅과 같은 훈련들이 진행됐다.

물론 이민혁은 쉽게 적응하지 못했다.

이들의 훈련 스타일은 대부분 처음 겪어 보는 것들이었으니까.

게다가 코치와 선수들의 말을 알아듣지 못했으니까.

비록 피터가 주변에서 계속 통역을 해 줬지만, 아무래도 통역을 듣고 대답하면 반응이 느릴 수밖에 없는 부분이 불편했다.

그래도 즐거웠다.

이토록 대단한 선수들과 함께 훈련하고 있다는 사실이 너무 기뻤다.

또한, 분명히 느낄 수 있었다.

'한국에 있을 때랑 훈련의 수준이 달라!'

바이에른 뮌헨에서 펼쳐지는 훈련은 한국에서 겪었던 것보다 훨씬 더 높은 수준이라는 것을.

물론 한국 프로 팀의 훈련을 받아 본 적이 없기에, 그쪽의 수준은 모른다. 하지만 분명 고등학교 팀에서 배우던 것들과는 비교도 할 수 없는 수준이었다.

훨씬 더 체계적이고, 효율적이고, 열정적이었다.

선수들은 분명 입가에 미소를 띠며 즐겁게 훈련에 참여했지만.

놀랍게도 그 누구도 장난스럽지 않았다.

마치 실전에 돌입한 것처럼, 무서울 정도로 집중하는 모습을 보였다.

'역시 빅클럽 선수들의 집중력은 다르네.'

이민혁 역시 집중력을 끌어올렸다. 이들에 비해 부족한 건 당연한 거지만, 적어도 적극성과 열정에선 밀리고 싶진 않았다. 이를 악물고 최선을 다해서 훈련에 몰입했다.

하지만 이민혁은 특별히 눈에 띄는 모습을 보여 주지 못했다.

바이에른 뮌헨 선수들은 거의 모든 분야에서 이민혁보다 압도적으로 뛰어났다.

그러나.

스피드 훈련에선 조금 달랐다.

이민혁은 바이에른 뮌헨 1군 선수들 사이에서 최고는 아니어도 상위권에 속하는 기록을 세우는 것에 성공했으니까.

"오~! 빠른데?"

"'리'라고 했지? 너 빠르다. 윙어로 뛰기에 좋은 무기를 가졌네."

"제법인데? 좀 놀랐어. 아르연 로번이나 프랑크 리베리만큼은 아니지만, 그래도 어지간한 선수는 따라잡기 힘들겠어."

"리! 부족한 부분들만 잘 보완하면 좋은 선수가 될 수 있겠는걸?"

코치와 선수들이 이민혁을 향해 엄지를 들어 올려 줬다.

"감사합니다!"

이민혁은 열심히 감사하다는 인사를 하며 더욱 열심히 훈련에 참여했다.

게임과 TV에서나 보던 선수들에게 칭찬을 받으니, 없던 힘도 샘솟는 기분이었다.

마침내 선수들의 몸이 다 풀리고, 기본기 훈련까지 모두 진행된 이후.

코치가 선수들을 불러 모았다.

"10분 뒤에 연습경기 시작할 거야. 평소처럼 A팀과 B팀으로 나눠서 할 거고, A팀 멤버는……."

곧 진행될 훈련은 1군 선수들끼리 벌이는 연습경기였다.

연습경기는 대한고등학교 시절에서도 꾸준히 해 왔던 것이기에 이민혁에게도 익숙했다.

다만, 함께 뛰고, 상대하는 선수들의 수준이 다를 뿐이었다.

'쉽지 않겠지.'

이민혁은 자신과 바이에른 뮌헨 선수들과의 수준 차이가 엄청날 것을 알고 있었다.

아마도 함께 뛰어 보면 금방 수준 차이를 느낄 수 있을 것이다.

더불어 저 멀리서 지켜보고 있는 펩 과르디올라 감독의 눈에 전혀 띄지 못할 수도 있다. 그렇게 될 확률이 훨씬 높아 보였다.

펩 과르디올라 감독에게 눈에 띄는 모습을 보여 주겠노라 말한 것도 솔직히 도박수를 던진 것이었다.

그러나.

의미 없는 도박은 아니었다.

그로 인해 이렇게 1군 선수들과 훈련을 하고, 함께 뛰어 볼 기회가 생기지 않았는가.

또한, 감독의 머릿속에 '이민혁'이라는 이름을 조금이나마 각인시키지 않았겠는가.

이민혁은 이것만으로도 얻을 건 충분히 다 얻었다고 생각했다.

물론 만족하진 않았다.

아직 이민혁이 진짜로 얻고 싶었던 건 따로 있었으니까.

그리고.

삐이이익!

연습경기가 시작된 지금.

이민혁은 진짜 얻고자 했던 것을 얻을 수 있었다.

[퀘스트를 완료하셨습니다!]

[퀘스트 내용: 바이에른 뮌헨의 1군 연습경기에 출전하세요.]

[보상으로 경험치가 대폭 증가합니다.]

[퀘스트를 완료하셨습니다!]

[퀘스트 내용: 만 20세 안에 바이에른 뮌헨의 1군 연습경기에 출전하세요.]

[보상으로 경험치가 대폭 증가합니다.]

[퀘스트를 완료하셨습니다!]

[퀘스트 내용: 만 19세 안에 바이에른 뮌헨의 1군 연습경기에 출전하세요.]

[보상으로 경험치가 대폭 증가합니다.]

[퀘스트를 완료하셨습니다!]

[퀘스트 내용: 만 18세 안에 바이에른 뮌헨의 1군 연습경기에 출전하세요.]

[보상으로 경험치가 대폭 증가합니다.]

[퀘스트를 완료하셨습니다!]

[퀘스트 내용: 만 17세 안에 바이에른 뮌헨의 1군 연습경기에 출전하세요.]

[보상으로 경험치가 대폭 증가합니다.]

*   *   *

바이에른 뮌헨으로의 이적이 확정되었을 때.

이민혁은 생각했다.

'세계적인 선수들이 뛰는 바이에른 뮌헨에서 바로 주전으로 뛰는 건 어렵겠지.'

당연히 2군으로 가게 될 거라고.

그곳에서 경험을 쌓고, 좋은 활약을 펼쳐야만 1군으로 갈 수 있을 거라고.

또한, 잘 풀리지 않으면 임대를 가서 성장하게 될 수도 있을 거라고.

그래서 머리를 굴렸다.

'빠르게 경험치를 얻을 방법이 없을까?'

어차피 1군이든 2군이든 자리를 잡는 데까지는 시간이 걸

린다.

우선 언어가 안 통하고, 손발을 맞추는 시간도 필요할 테니까.

그때, 이민혁의 머리에 좋은 생각이 떠올랐다.

'만약 1군 연습경기에 참여할 수 있다면, 그것만으로도 많은 경험치를 받지 않을까?'

바로 바이에른 뮌헨 1군 선수들의 연습경기에 참여하는 것이었다.

하지만 이건 1군에 들어가야만 할 수 있는 일이었다.

당연하게도 너무나 어려운 일이었다.

그러나 여기서 반대로 생각하면? 어려운 일이니까 경험치를 받기엔 충분하지 않을까… 라는 생각을 하게 됐다.

진짜 될지는 모르겠지만, 시도도 안 해 보는 것보단 시도라도 해 보는 게 낫다고 생각했다.

'해 보자!'

이처럼 어떻게든 1군 훈련에 참여하겠다는 목표를 세운 이후, 이민혁은 방법을 찾기 위해 노력했다.

'수단과 방법을 가리지 않아야 해.'

그렇게 떠올린 방법이 어떻게든 펩 과르디올라 감독의 마음을 움직이는 것이었고, 이민혁은 단순히 스페인어가 아닌, 그의 고향인 카탈루냐의 언어를 연습했다.

물론 이 방법이 통할 거라는 확신은 없었다.

열심히 인터넷에 검색해 본 결과, 펩 과르디올라 감독은 차갑고 냉정한 성격을 지닌 사람이라고 나와 있었으니까.

그리고 지금.

삐이이익!

이민혁의 도박은 성공했다.

펩 과르디올라 감독의 마음을 움직이는 것에 성공했고, 원래라면 불가능했을 1군 연습경기에 참여하게 됐다.

더불어.

…….

[보상으로 경험치가 대폭…….]

…….

한눈에 봐도 많은 경험치를 받았다.

또한, 이어서 떠오른 레벨업 메시지들은 이민혁의 광대를 하늘로 치솟게 했다.

[레벨이 올랐습니다!]

[레벨이 올랐습니다!]

[레벨이 올랐습니다!]

'이게 먹히네.'

눈앞의 메시지를 본 이민혁은 다급하게 움직였다.

현재 연습경기가 시작된 상황이었고, 조금이라도 멍때리는 모습을 보이긴 싫었다.

미래의 동료가 될지도 모르는 사람들에게 자신에 대한 첫인상을 최대한 좋게 심어 주고 싶었다.

어떤 능력치를 올릴지 고민할 필요도 없었다. 지금의 상황을 예상했을 때, 이미 머릿속으로 여러 번의 시뮬레이션을 돌려 봤으니까.

그래서.

이민혁은 지금, 펩 과르디올라 감독의 눈에 띄기 위해 가장 도움이 될 만한, 가장 가능성이 많은 능력치를 선택했다.

지금과 같은 시나리오를 구상했을 때.

이민혁은 생각했다.

'내가 과연 바이에른 뮌헨의 1군 선수들 사이에서 감독의 눈에 띌 수 있을까?'

자신의 실력으로 바이에른 뮌헨 선수들 사이에서 눈에 띄는 무언가를 보여 줄 수 있을지를.

냉정히 생각해 본 결과, 거의 불가능하다는 답이 나왔다.

실력으로 바이에른 뮌헨 선수들과 비빈다는 건 지금으로선 불가능했다.

그러나.

한 가지 방법이 떠올랐다.

'어떻게든 골을 넣는다면?'

골(Goal).

이건 축구에서 가장 중요한 것이다.

당연히 이민혁이 바이에른 뮌헨 선수들과의 연습경기에서 골을 넣을 수 있다면 감독의 눈에 띌 수밖에 없다.

더구나 독일 최강의 팀인 바이에른 뮌헨 1군 선수들 사이에서 17세 소년이 골을 넣는다?

그것도 처음 1군 훈련에 참여한 선수가?

'무조건 관심을 받겠지.'

사람이라면 관심이 갈 수밖에 없다.

그래서 지금.

이민혁은 연습경기에서 골을 넣기 위해 가장 필요한 능력치를 올리기로 했다.

지금 필요한 능력치는 안정적으로 공을 받고, 슈팅을 때려서 골을 노릴 수 있는 능력치.

바로.

[스탯 포인트 3을 사용하셨습니다.]
[탈압박 능력치가 3 상승합니다.]
[현재 탈압박 능력치는 75입니다.]

[스탯 포인트 3을 사용하셨습니다.]
[슈팅 능력치가 3 상승합니다.]
[현재 슈팅 능력치는 76입니다.]

단순히 압박을 벗어나는 능력을 넘어 볼 터치에 도움을 주는 탈압박 능력치와 슈팅 능력 자체를 좋게 해 주는 슈팅 능력치였다.

물론 이렇게 스탯 포인트를 투자했음에도 목표했던 대로 골을 만들지 못할 수도 있다.

하지만, 그렇게 된다고 해도 나쁘진 않았다.

능력치를 올려 두면 결국엔 도움이 될 테니까.

성공하면 대박이고, 실패한다고 해도 나쁘지 않은 방법.

이민혁은 다시 한번 불가능에 가까운 도박을 해 볼 생각이었다.

B팀.

이민혁이 소속된 팀이다.

포지션은 윙어.

B팀이라고 해서 A팀보다 수준이 낮은 선수들이 모인 것은 아니었다.

A와 B는 단순히 팀을 나누는 이름일 뿐, 주전선수들과 후보선수들을 섞어서 팀이 꾸려졌다.

그 증거로 A팀엔 프랑크 리베리가 속해 있었고, 이민혁이 속한 B팀엔 아르연 로번이 속해 있었다.

"헤이! 여기!"

"라인 올려! 뒷공간 노리잖아!"

"더 끌어들여서 막아!"

바이에른 뮌헨은 A팀과 B팀을 가릴 것 없이 활발한 의사소통을 했다.

이때 이민혁은 또다시 느꼈다.

독일어를 더욱 열심히 배워야겠다고.

10분 정도를 뛰었을 때는 또 다른 것을 느꼈다.

'이 정도였어……?'

바이에른 뮌헨 선수들은 전부 괴물들이라는 것을.

아직은 보이지도 않는 높은 곳에서 뛰는 선수들이라는 것을.

'괜히 1군이 아니었구나.'

더불어 이민혁은 한 가지를 확신했다.

'이 사람들이 전국고교축구대회에 나왔으면… 애와 어른 정도의 수준 차이가 났겠어.'

이곳에 있는 선수들 모두 전국고교축구대회에 나왔던 선수들을 농락해 버릴 실력을 지녔다는 것을.

당연한 말일 수도 있다.

하지만 이곳에 속한 선수 중 이민혁과 나이 차이가 별로 나지 않는 선수도 있다는 걸 생각하면 충분히 놀라운 일이었다.

그래서일까?

'여기서 축구하고 싶다.'

하루라도 더 빨리 이곳의 정식 멤버가 되고 싶어졌다.

오늘만이 아닌, 내일도, 그다음 날도 괴물들의 틈 사이에서 축구를 하고 싶어졌다.

그리고 지금.

괴물들의 축제가 제대로 펼쳐졌다.

"한 골!"

A팀의 토마스 뮐러가 첫 골을 터뜨리며 소리를 질렀다.

프랑크 리베리가 측면을 돌파한 뒤에 넘겨 준 컷백 패스를 받아서 넣은 골이었다.

이 공격은 바이에른 뮌헨이 자주 쓰는 정석적인 공격 방법 중 하나였다.

반대로 말하면 B팀 선수들에게도 익숙한 공격 패턴이었다.

프랑크 리베리와 토마스 뮐러는 양쪽 모두에게 익숙한 공격 패턴을 사용해 측면을 가볍게 뚫어 내고 골을 만들어 낸 것이다.

B팀 역시 주전선수들로 꾸려진 팀이었음에도 완벽하게 당해 버린 것이고, 그걸 지켜보는 이민혁은 입을 떡 벌렸다.

'…저걸 어떻게 막아?'

B팀 선수들이 괜히 당한 게 아니다.

저건 정말… 알고도 막기 어려워 보였다.

만약 자신이 B팀 수비수였다면 지금 당장 경기를 포기해 버리고 싶어졌을 것이다.

'리베리… 그리고 토마스 뮐러는 정말 미쳤어!'

이민혁은 프랑크 리베리와 토마스 뮐러를 보며 눈을 빛냈다.

정석적인 패턴을 이토록 날카롭게 구사할 수 있는 건, 프랑크 리베리와 토마스 뮐러의 실력이 그만큼 압도적이라는 것이다.

때문에, 이민혁은 저들이 펼쳤던 움직임을 머릿속에 저장하기 위해 필사적으로 노력했다.

*   *   *

이민혁이 처음 공을 잡은 건 전반전이 시작하고 15분 정도가 지났을 때였다.

더 빨리 공을 받을 수도 있었겠지만, B팀 선수들은 이민혁이 잔디와 팀의 전술에 조금이나마 적응을 할 때까지 기다려 줬다.

그리고 지금.

투욱!

이민혁은 처음으로 공을 받았다.

공을 건네준 선수는 바이에른 뮌헨의 레전드 미드필더 바스티안 슈바인슈타이거였다.

공에서 느껴지는 감각이 새로웠다.

이곳이 바이에른 뮌헨의 훈련 경기장이었기 때문일까?

아니면 패스를 준 사람이 TV에서나 보던 레전드 바스티안 슈바인슈타이거였기 때문일까?

다만, 이민혁은 이 느낌을 오래 느끼지 못했다.

"어이! 정신 차려!"

'……!'

근처에서 들려오는 슈바인슈타이거의 고함을 들은 이민혁이 눈을 크게 뜨고 주변을 둘러봤다. 이제야 시야가 밝아졌다.

순간적으로 귀가 먹먹해지고 눈앞이 뿌옇게 변하는 느낌을 받았었다.

다행히 그 시간이 길지는 않았던 모양.

그러나 여유는 없었다. 빠른 속도로 덤벼드는 A팀 선수들이 보였으니까.

"바로 넘겨! 패스!"

다급하고 거친 목소리였다.

바스티안 슈바인슈타이거가 얼마나 경기에 몰입했는지 알 수 있는 모습이었다.

이민혁 역시 정신을 차리곤 슈바인슈타이거에게 공을 보냈다.

단순히 패스를 보낸 게 아니었다. 패스를 하기 전, 상체와 고개를 흔들며 페인팅 동작을 추가했다.

페인팅이 통했던 걸까?

다행히 이민혁의 패스는 상대의 방해 없이 슈바인슈타이거의 발밑에 도착했다.

이민혁은 패스를 하면서 가만히 서 있지 않았다.

대한고등학교에서 그랬던 것처럼 측면을 향해 전속력으로 달렸다.

동시에 독일어로 외쳤다.

"바스티안! 다시!"

꿈틀!

바스티안 슈바인슈타이거의 입꼬리가 올라갔다.

'나를 지목해서 패스를 요구한다고? 크흐흐! 패기가 좋은 친구네.'

워낙 팀 내 베테랑이고, 성격도 불같아서 어린 선수들은 슈바인슈타이거를 무서워한다.

존경하지만 무서운 선배 같은 느낌이었다.

그런데 저 한국인은 당당하게 리턴패스를 요청한다.

흔치 않은, 재밌는 상황이었다.

때문에.

'오냐, 어디 한번 보자.'

바스티안 슈바인슈타이거로선 패스를 주지 않을 이유가 없었다.

터엉!

슈바인슈타이거의 발이 공을 차 냈다.

공은 적당한 속도를 유지하며 이민혁이 달리는 앞쪽 공간으로 향했다. 이민혁의 속도와 타이밍을 고려한 정확한 패스였다.

'패스의 수준이 달라!'

툭!

이민혁이 쉽게 공을 받아 냈다.

바로 앞엔 그를 막기 위해 선 풀백이 보였다.

'알라바!'

데이비드 알라바.

1992년생의 어린 풀백이지만, 바이에른 뮌헨의 주전 풀백 자리를 꿰찬 천재.

그는 자세를 잔뜩 낮춘 채, 이민혁의 움직임을 주시했다.

이민혁은 그를 상대로 과감한 돌파를 선택했다.

'알라바를 뚫고 바로 중거리 슈팅까지 때린다.'

머릿속으로 그림을 그린 이후, 이민혁은 곧바로 움직였다.

휘익! 휙! 스텝오버를 한 이후에 오른쪽으로 치고 달리는 움직임.

전국고교축구대회에서 자주 써먹었던 기술이었다.

빠른 스피드로 인해 유난히 잘 통했던 기술이기도 했다.

그러나.

데이비드 알라바에겐 통하지 않았다.

투욱!

이민혁이 공을 치고 달리려고 할 때, 데이비드 알라바는 이미 어깨를 집어넣고 공간을 틀어막았다.

그 순간.

퍼억!

"흡!"

이민혁의 몸이 공중에서 붕 떠올랐다. 동시에 숨이 턱하고 막혔다.

겉모습은 전혀 단단해 보이지 않는 데이비드 알라바였지만, 이민혁을 단숨에 튕겨 낸 것이다.

"…이게 뭐야?"

순식간에 공을 뺏긴 이민혁이 당황한 얼굴로 데이비드 알라바의 뒷모습을 바라봤다.

방금 무슨 일이 있던 건지 파악하기 위해 노력했다.

슈팅은커녕 알라바와의 일대일에서 완벽히 패배해 버렸다.

이런 게 수준이 다르다는 건가?

그때였다.

누군가 이민혁을 향해 소리쳤다.

"이봐, 한국인! 벌써 끝이냐? 이대로 멍청이처럼 집으로 돌아갈 거냐?!"

바스티안 슈바인슈타이거의 목소리였다.

짧은 영어로 말했기에 충분히 알아들을 수 있는 말이었다.

"…뭐?"

이민혁의 표정이 변했다.

망치로 머리를 맞은 기분이었다.

이제야 제대로 정신이 들었다.

그래, 여긴 한국이 아니다.

고등학교 수준의 경기도 아니다.

지금 내가 상대하는 사람들은 세계 최고 수준의 선수들이다.

저들에게 한 번 지는 건 당연한 일이다. 이길 때까지 계속해서 덤벼야 한다.

모든 걸 죽기 살기로 쏟아 내지 않으면 저들의 털끝도 따라가지 못한다.

이처럼 다시 마음을 다잡은 뒤, 이민혁은 독기를 품은 얼굴로 소리쳤다.

"아니, 이제 시작이야… 정신 차리자!"

이민혁의 눈빛이 변했다.

이제야 완전히 정신이 들었다.

아무래도 착각하고 있던 것 같다.

능력치가 오르고 전국고교축구대회에서 좀 날뛰었다고, 현실을 제대로 파악하지 못했던 것 같다.

현실에서… 자신은 바이에른 뮌헨 선수들의 발끝에도 못 미치는 선수일 뿐이다.

바이에른 뮌헨의 천재 풀백인 데이비드 알라바와의 대결에서 진 것도 당연한 일이다.

하지만.

포기할 생각은 없다.

계속해서 두드리고 또 두드려서 단 한 번쯤은 데이비드 알라바를 이겨 낼 생각이었다.

일대일로 안 되면 동료를 이용해서라도 뚫어 낼 것이고 더 나아가 슈팅 기회까지 만들어 내겠다고 다짐했다.

'좋아, 다시 해 보자.'

이민혁의 움직임이 더욱 활발해졌다.

경기장의 오른쪽 측면과 중앙을 오가며 패스를 주고받았고, 상대인 A팀이 공격할 때면 재빨리 달려가서 압박을 걸었다.

물론 이민혁의 압박은 A팀 선수들의 공을 뺏어 내진 못했다.

이들의 기본기와 탈압박 능력이 너무 대단했으니까.

그렇다고 효과가 없는 건 아니었다.

상대를 귀찮게 하는 데에는 성공했고, 그것만으로도 충분히 효과적이었다.

"좋아! 계속 압박해!"

슈바인슈타이거의 외침을 들은 이민혁이 더욱 힘을 내서 상대를 향해 달려들었다.

상대는 이민혁이 끈질기게 달라붙고 있음에도 흔들리지 않고 부드럽게 공을 컨트롤했다.

토니 크로스.

바이에른 뮌헨의 미드필더인 그는 이민혁 하나 정도의 압박은 쉽게 이겨 냈다.

그러나.

퍼억!

"큭!"

바스티안 슈바인슈타이거의 지원이 온 순간, 그 대단하던 토니 크로스도 흔들렸다.

슈바인슈타이거는 상대가 흔들린 순간을 놓치지 않았다.

그는 토니 크로스가 공을 제대로 컨트롤하지 못한 타이밍에 정확히 발을 뻗어서 공을 뺏어 왔다.

B팀의 역습이 시작됐다.

"로번!"

터엉!

슈바인슈타이거가 대각선으로 공을 밀어 찼다.

대각선 측면에서 공을 받은 선수는 아르연 로번.

세계적인 윙어인 아르연 로번의 스피드는 상상을 초월할 정도로 빨랐다. 순간적인 움직임 역시 미친 수준이었다.

조금 전에 이민혁을 막았던 천재 풀백 데이비드 알라바가 어느새 반대쪽으로 달려와 재빨리 로번의 앞을 막아섰지만.

아르연 로번은 알라바를 앞에 둔 상황에서도 여유를 보였다. 공을 툭툭 친 이후에 단숨에 방향을 틀었고, 왼발 슈팅을 때릴 각을 만들어 냈다.

알고도 당한다는 아르연 로번의 시그니처 무브, 각 만들고 왼발 감아 차기.

그 기술이 지금 이민혁의 눈앞에서 펼쳐지고 있었다.

퍼엉—

아르연 로번의 발을 떠난 공은 빠르게 움직이는 상황에서 때려 낸 것이라고는 믿을 수 없을 정도로 아름다운 궤적을 그렸다.

세계적인 골키퍼인 마누엘 노이어가 미리 각을 좁혔음에도 막지 못했을 정도로 아름다운 궤적이었다.

철렁!

A팀의 골 망이 흔들렸고, 아르연 로번은 손가락 하나를 들어 올리는 세리머니를 펼쳤다.

"와……."

이민혁이 멍하니 아르연 로번을 바라봤다.

실제로 본 아르연 로번의 움직임은 TV에서 보던 그것과는 전혀 달랐다. 훨씬 더 빠르고 정확했다. 또한, 실제로 보니 알고도 막기 어려운 데에는 이유가 있었다.

단순히 스피드와 순간속도가 빨라서 통한 게 아니었다.

그에겐 세밀한 심리전이 있었다.

아르연 로번은 단순히 중앙으로 각을 잡고 왼발 슈팅을 때린 게 아니었다. 시선을 움직이며 페인팅을 줬고, 상체와 하체를 움찔움찔 움직이며 계속해서 페인팅을 주고 수비를 교란했다.

이처럼 직접 본 아르연 로번의 시그니처 무브는 천재라고 불리는 데이비드 알라바조차 막기 어려울 정도로 복잡하고 대단한 움직임이었다.

'…배우고 싶다.'

윙어로 뛰는 선수라면 당연히 배우고 싶은 움직임이기도 했다.

아르연 로번의 골로 A팀과 B팀의 스코어가 1 대 1이 된 이후.

양 팀 선수들은 더욱 치열한 경기를 이어갔다.

연습경기라는 생각이 전혀 들지 않을 정도로 치열한 경기였다.

이민혁은 계속해서 열심히 뛰고, 짧은 영어와 짧은 독일어를 섞어 가며 B팀 동료들과 최선을 다해서 의사소통하려고 했고.

마침내 좋은 기회를 잡을 수 있었다.

"이봐! 뛰어!"

바이에른 뮌헨의 레프트백 디에고 콘텐토가 상대 풀백의 시선을 끌어내며 소리쳤다.

오늘 왼쪽 윙어로 출전한 이민혁은 A팀 측면을 향해 전속력으로 뛰어들었다.

B팀 선수들은 이미 앞선 훈련으로 이민혁의 속도가 빠르다는 걸 인지하고 있었다.

디에고 콘텐토 역시 그랬다. 그는 상대 풀백의 압박을 이겨 내며 이민혁을 향해 패스를 찔러줬다.

터엉—

낮고 빠른 패스였다.

과거였다면 받기 어려운 패스였다. 그러나 지금은 다르다. 탈압박 능력치가 75가 된 지금은 이 정도 패스는 어렵지 않게 받아 낼 수 있었다.

투욱! 타닷! 이민혁은 달리던 속도를 거의 죽이지 않으면서 공을 받아 내는 것에 성공했다. 현재 바이에른 뮌헨의 A팀 측면은 비어 있었다.

A팀의 라이트 풀백인 하피냐는 콘텐토에게 묶여 있었고, 윙어인 제르단 샤키리는 아직 복귀하려면 한참이나 걸리는 상황.

더구나 페널티박스 근처엔 아르연 로번, 클라우디오 피사로와 같은 무시무시한 선수들이 A팀의 중앙수비수들을 위협하고 있었다.

수비수 한 명도 뛰쳐나오기 힘든 순간이었고, 이민혁에겐 최고의 기회가 만들어졌다.

'지금이야!'

이 정도의 기회가 또 언제 찾아올지 모른다.

다시는 얻지 못할 수도 있다.

그래서.

이민혁은 망설이지 않았다.

투웅!

가장 먼저 공을 앞으로 밀어 놓았다. 시선은 멀리하며 동료들의 움직임을 주시하는 척했다. 하지만 실제로 이민혁이 보고 있는 건 오로지 직사각형의 골대였다.

패스를 할 것처럼 아이페이크를 준 것이고, 이후엔 왼발로 디딤 발을 딛고 오른발을 휘둘렀다.

그 순간, 바이에른 뮌헨의 수비수들이 다급하게 튀어나왔다. 높은 수준의 선수들이기에 이민혁의 움직임을 보고 슈팅이라는 것을 알아챘다.

그러나 이들의 반응은 늦었다.

이민혁의 오른발이 이미 공을 때려 냈으니까.

퍼엉!

'됐어!'

발등에 제대로 걸린 느낌이 났다.

비록 '예리한 슈팅' 스킬 효과가 발동되진 않았지만, 공은 빠르게 뻗어 나갔다.

슈팅의 궤적도 이민혁의 생각과 완전히 일치하진 않았지만, 충분히 위협적인 궤적을 그렸다.

만약 골대를 지키는 남자가 마누엘 노이어라는 괴물이 아니었다면 충분히 골이 됐을 정도로.

투웅!

마누엘 노이어는 이민혁이 제대로 때린 슈팅을 팔을 쭉 뻗어서 튕겨 냈다.

팔이 얼마나 긴지 어지간한 원숭이 뺨칠 정도였다.

'이걸 막아?'

이민혁의 눈이 커졌다.

이 정도의 슈팅을 막는 골키퍼는 본 적이 없었는데, 역시 마누엘 노이어의 선방 능력은 놀라웠다.

그러나.

'다행이야.'

슈팅이 막혔음에도 이민혁의 입가엔 미소가 지어졌다.

마누엘 노이어가 튕겨 낸 공이 한 선수에게로 날아갔기 때문이었다.

바스티안 슈바인슈타이거.

바이에른 뮌헨의 레전드 미드필더이자, 독일 국가대표팀의 핵심 미드필더 중 한 명.

날아오는 공을 잡아 두고 정확한 슈팅을 때릴 능력이 충분히 있는 선수였다.

지금 이 순간, 바스티안 슈바인슈타이거가 공을 향해 다리를 휘둘렀다.

강력한 슈팅 능력을 지닌 그가 페널티박스 바로 바깥에서 때려 낸 공은 순식간에 A팀의 골 망을 흔들었다.

이제 갓 몸을 일으킨 마누엘 노이어 골키퍼가 손을 쓸 틈조차 없는 타이밍에 나온 골이었다.

"으하하핫! 꼬맹이, 방금 슈팅 좋았다? 네 덕에 골을 넣었어."

바스티안 슈바인슈타이거는 특유의 호탕한 웃음과 함께 이민혁의 머리를 쓰다듬었다.

머리를 쓰다듬는 게 유럽에서는 친근감의 표시이기도 하다는 걸 알고 있었지만, 그래도 기분이 좋진 않았다.

유럽문화에 아직 적응이 안 된 것이리라.

더구나.

'나도 181㎝인데, 왜 자꾸 꼬맹이라는 거야?'

꼬맹이라는 호칭도 그다지 마음에 들진 않았다.

하지만 어쨌건, 바스티안 슈바인슈타이거라는 위대한 선수에게 칭찬을 받았다는 사실은 기뻤다.

자신감도 생겼다.

바이에른 뮌헨 1군 선수들 사이에서 영향을 미칠 수 있다는 자신감이.

이후에도 계속해서 공격을 주고받는 경기가 펼쳐졌고, 3번째 골은 A팀에서 나왔다.

토니 크로스가 자로 잰 듯한 전진패스를 뿌렸고.

마리오 만주키치가 패스를 받아서 그대로 깔끔한 골로 연결해 냈다.

선수들은 시간이 지날수록 더 강한 승부욕을 드러내며 계속 치고받았다.

그러나 바이에른 뮌헨은 공격력도 강하지만 수비력도 강한 팀.

A팀과 B팀 모두 안정된 수비를 펼쳤고, 2 대 2 동점 상황에서 전반전이 끝날 때까지 추가골은 나오지 않았다.

삐이익!

후반전이 시작됐다.

양 팀 모두 측면과 중앙 모두를 공략하며 서로의 수비진을 흔들었다. 특히 프랑크 리베리와 아르연 로번은 각각 A팀과 B팀에서 여포와 같은 모습을 보였다.

세계적인 수준의 풀백들도 이들을 제대로 막아 내질 못했다.

그리고.

덩달아 이민혁에게도 기회가 찾아왔다.

휘익! 휙!

아르연 로번은 빠른 스피드와 민첩성을 이용해 데이비드 알라바의 앞에서 조금씩 전진했다. 데이비드 알라바는 절대 뚫리지 않겠다는 의지를 드러내며 조심스레 뒷걸음질을 쳤다.

타이밍을 재는 양 선수.

이때, 이민혁은 반대편 측면을 거쳐 페널티박스 안으로 파고
들었다.

왠지 아르연 로번이 이번엔 슈팅이 아닌, 패스를 할 것 같다는
느낌을 받았기 때문이었다.

"후우! 후웁!"

데이비드 알라바는 거친 호흡을 내쉬며 아르연 로번의 움직임
에 집중했다. 다른 선수를 상대할 때는 모르겠지만, 아르연 로번
을 상대할 때만큼은 다른 것에 신경 쓸 여유가 없었다.

아르연 로번의 움직임을 하나라도 놓치면 바로 골을 허용하거
나 돌파를 허용하게 될 테니까.

이때, 아르연 로번의 왼 다리가 움직였다.

공을 끄는 척하며 그대로 짧게 휘둘러 크로스를 올려 버린
것.

터엉! 공은 날아갔다.

측면에서 페널티박스 안으로 침투하는 이민혁의 머리를 향해
서.

쉬이이익!

전속력으로 침투하던 이민혁의 눈에 낮고 빠르게 날아오는 공
이 보였다.

그 순간 미칠 듯한 긴장감이 온몸을 감아 왔다. 다리가 후들
거리고 심장이 쿵쾅거렸다. 감정을 컨트롤할 수 있는 상황도 아
니었다. 그런 여유는 없었다.

이민혁은 오로지 날아오는 공에 맞춰서 마음속으로 타이밍을

쟀다.

'하나… 둘……!'

타앗!

이민혁이 땅을 박차고 몸을 날렸다.

머리를 앞으로 쭉 빼고 날아오는 공을 끝까지 노려봤다.

자칫 다칠 수도 있는 상황이었지만 골을 넣을 수만 있다면 상관없었다. 긴장감이 온몸을 옭아맸을 뿐, 두려움 따위는 없었다.

마침내 공이 지척에 다가왔을 때.

'지금!'

이민혁은 머리를 살짝 틀며 공을 건드렸다.

투웅—

위험을 감수하고 몸을 날린 다이빙헤딩이었고.

이민혁의 머리에 맞은 공은 방향이 바뀌며 마누엘 노이어의 손이 닿질 않는 곳을 향해 파고들었다.

철렁!

"아오……!"

마누엘 노이어 골키퍼가 짜증스러운 얼굴로 흔들리는 골 망을 바라봤고.

툭! 투욱!

이민혁은 몸에 묻은 잔디와 먼지를 털어 냈다.

동시에.

저 멀리서 지켜보고 있는 펩 과르디올라 감독의 눈을 바라보며 입꼬리를 올렸다.

'이 정도면 괜찮은 모습 보인 것 아닙니까?'

그리고 지금.

이민혁의 눈앞에 메시지가 주르륵 떠올랐다.

*　　　　*　　　　*

이민혁이 과감한 슈팅을 때리며 바스티안 슈바인슈타이거의 골을 도왔을 때.

'과감하네? 저런 점은 앞으로 더 성장하기에 좋은 부분이지.'

펩 과르디올라의 얼굴에 옅은 미소가 떠올랐다.

이어서 이민혁이 다이빙헤딩으로 골을 넣었을 땐.

"오!"

바이에른 뮌헨의 감독, 펩 과르디올라의 눈이 커졌다.

'골에 대한 집착, 월드클래스 선수들 사이에서도 과감하게 몸을 날리는 패기… 꽤 괜찮은데?'

물론 그는 알고 있었다.

방금 골을 만들어 낸 것엔 아르연 로번의 역할이 컸다는 걸.

아르연 로번의 환상적인 크로스가 있었기에 가능했던 것이라는 걸.

그렇다고 해도.

이민혁은 분명히 잘했다.

좋은 타이밍에 좋은 오프 더 볼 움직임을 보였고, 날아오는 크로스를 골로 연결하는 집중력도 좋았다.

또, 펩 과르디올라 감독이 이민혁의 골을 보며 가장 마음에 드는 부분은 따로 있었다.

'멘탈도 강해 보이고⋯⋯.'

보통이 아닌 친구라는 건 자신에게 1군 연습경기 딜을 했을 때부터 알았다.

그래도.

'이제 갓 계약한 선수가 이 정도 임팩트를 보여 줄 줄이야.'

설마 세계적인 선수들 사이에서 주눅 들지 않고 뛸 줄은 몰랐다.

저들과 함께 호흡하고 뛰는 것만으로도 체력이 쭉쭉 빠질 거고, 심리적으로도 무시무시한 부담감과 압박감을 느꼈을 거니까.

펩 과르디올라 감독이 본 이민혁은 그런 압박감과 부담감을 이겨 냈다.

분명히 이겨 냈다.

데이비드 알라바와의 일대일에서 털렸음에도 빠르게 정신을 차렸고, 이후에 과감하게 슈팅을 때리고 결국 골까지 넣지 않았는가.

'이민혁⋯ 앞으로 지켜봐야겠어.'

지금 이 순간, 이민혁이라는 선수에 대한 펩 과르디올라 감독의 평가가 조금은 바뀌었다.

같은 시각.

이민혁은 펩 과르디올라 감독에게서 시선을 뗐다.

펩 과르디올라 감독의 표정 변화가 궁금했지만, 그것보다 더 중요한 일들이 벌어지고 있었으니까.

바로 눈앞에 정신없이 떠오르고 있는 메시지들이었다.

[퀘스트를 완료하셨습니다!]
[퀘스트 내용: 바이에른 뮌헨의 1군 연습경기에서 공격포인트를 기록하세요.]
[보상으로 경험치가 대폭 증가합니다.]

[퀘스트를 완료하셨습니다!]
[퀘스트 내용: 바이에른 뮌헨의 1군 연습경기에서 골을 기록하세요.]
[보상으로 경험치가 대폭 증가합니다.]

[퀘스트를 완료하셨습니다!]
[퀘스트 내용: 만 20세 안에 바이에른 뮌헨의 1군 연습경기에서 공격포인트를 기록하세요.]
[보상으로 경험치가 대폭 증가합니다.]

[퀘스트를 완료하셨습니다!]
[퀘스트 내용: 만 20세 안에 바이에른 뮌헨의 1군 연습경기에서 골을 기록하세요.]
[보상으로 경험치가 대폭 증가합니다.]

[퀘스트를 완료하셨습니다!]

[퀘스트 내용: 만 19세 안에 바이에른 뮌헨의 1군 연습경기에서 골을 기록하세요.]

[보상으로 경험치가 대폭 증가합니다.]

[퀘스트를 완료하셨습니다!]

[퀘스트 내용: 만 19세 안에 바이에른 뮌헨의 1군…….]

[…….]

…….

"난리 났네."

말 그대로 난리가 나 버렸다.

메시지 난리였다.

아니, 메시지 폭탄이라는 말이 더 어울리려나?

"허……!"

이민혁이 헛웃음을 흘렸다.

이건 뭐… 골 하나 넣은 것치곤 보상이 너무 굉장했다.

물론 기쁜 일이었다. 계속해서 바라던 일이기도 했다.

다만, 레벨은 연습경기가 시작했을 때보다는 많이 오르지 않았다.

[레벨이 올랐습니다!]

[레벨이 올랐습니다!]

이렇게 많은 경험치를 받았음에도 3개가 아닌, 2개의 레벨이 오른 것.

이 부분은 좀 아쉬웠지만, 현재 레벨이 40에 가깝다는 걸 생각하면 이해할 수 있었다.

그리고 솔직히 이 정도만 해도 충분히 노다지였고, 달콤한 꿀통이었다.

'하… 여기로 매일 출근하고 싶다.'

정말 진심으로 매일 이곳으로 출근하고 싶어졌을 정도로.

이곳에서 훈련하면 레벨을 떠나서 실력이 쭉쭉 늘 것 같았다.

지금처럼 괴물들 사이에서 축구를 하다 보면, 같은 괴물이 되진 못할 수 있어도 조금은 괴물에 가까워지지 않겠는가?

게다가 자신에겐 '축구 재능' 스킬이 있다.

축구 실력이 빠르게 늘어나는 패시브 스킬.

이 스킬이 있는 한, 분명 과거와는 다른 성장세를 보일 게 분명했기에 세계적인 선수들과의 훈련이 더욱 욕심났다.

'펩 과르디올라 감독님이 좋게 봤기를 바라야지.'

이때, 경기가 재개되려 하고 있었다.

이민혁은 재빨리 상태 창을 확인했다.

[이민혁]

레벨: 39

나이: 19세(만 17세)

키: 181㎝

몸무게: 72㎏

주발: 오른발

[체력 71], [슈팅 76], [태클 54], [민첩 62], [패스 60]

[탈압박 75], [드리블 80], [몸싸움 62], [헤딩 61], [속도 85]

스킬: [예리한 슈팅], [예리한 패스], [축구 재능]

스탯 포인트: 4

레벨은 이제 39가 되었다.

운도 많이 따랐지만, 어찌 됐건 빠른 성장을 이뤄 냈다.

능력치도 전체적으로 준수해졌다.

태클이 54인 게 좀 아쉽지만, 이 능력치는 좀 더 나중을 바라보기로 했다.

더 급하고 중요한 능력치들이 많으니까.

윙백이나 풀백으로 포지션이 변화한다면 모를까, 윙어로 뛰는 지금은 태클 능력은 후순위로 밀릴 수밖에 없다.

'선택하자.'

이민혁은 상태 창을 바라보며 방금 일어났던 골 장면을 떠올렸다.

측면에서 중앙으로 파고들어가는 움직임과 다이빙헤딩 마무리는 괜찮았지만, 솔직히 방금 넣은 골은 아르연 로번의 지분이 더 많았다.

어그로 다 끌어 주고 완벽한 타이밍에 완벽한 궤적으로 뿌려 준 패스였으니까.

이때, 한 가지 생각이 스쳐 지나갔다.

'패스가 조금만 더 셌다면?'

만약 아르연 로번의 패스가 좀 더 강했다면?

다이빙헤딩 타이밍을 정확하게 맞출 수 있었을까?

'아니, 어려웠을 거야.'

그러면 동료의 패스가 더 세거나 느릴 때, 타이밍을 맞추기에 좋은 능력치는 어떤 걸까?

'헤딩?'

단순하게 생각하면 헤딩 능력치였다.

헤딩 능력치를 올리면 헤딩 능력 자체가 좋아질 거고, 헤딩 타이밍도 좋아지지 않을까?

충분히 일리가 있다고 생각했다.

하지만 더 나아갈 필요가 있었다.

단순히 헤딩 능력이 좋아지는 걸 넘어 전체적으로 타이밍을 잡는 데에 도움이 되는 능력치가 뭘까 생각했다.

답은 생각보다 빠르게 나왔다.

'민첩!'

아직 올려 본 적이 없는 민첩 능력치.

이게 답이 될 수도 있다는 생각이 들었다.

틀릴 생각일 수도 있겠지만, 하나는 확실했다.

무조건 어딘가엔 도움이 된다는 것이다.

그래서.

이민혁은 스탯 포인트를 민첩에 투자했다.

[스탯 포인트 4를 사용하셨습니다.]

[민첩 능력치가 4 상승합니다.]

[현재 민첩 능력치는 66입니다.]

*　　　　*　　　　*

삐이이익!

경기가 재개됐다.

연습경기지만 이들은 프로답게 강한 승부욕을 드러냈다.

A팀과 B팀 모두 승리하기 위해 최선을 다했다.

그렇게 5분 정도가 지났을까?

이민혁은 민첩 능력치가 올라간 것에 대한 확실한 변화를 느꼈다.

'이거 제대론데?'

민첩 능력치를 올릴 때까지만 해도 조금 긴가민가했었다.

올리면서도 '속도를 올리는 게 더 낫지 않을까'라는 생각이 들었으니까.

그런데 웬걸, 민첩 능력치는 제대로 효과를 보여 주는 능력치였다.

'민첩'이라는 이름처럼 몸의 움직임 자체가 빨라진 게 느껴졌다.

그러다 보니 축구를 하는 모든 상황에서 효과를 드러냈다.

지금도 그랬다.

"흡!"

휘청!

이민혁은 제르단 샤키리의 바디페인팅에 속아서 중심을 잃었다.

원래라면 다시 중심을 잡는 데까지 시간이 걸렸을 것이다. 그런데 지금은 그 속도가 더 빨라졌다. 밸런스를 복구하는 시간이 확실히 단축된 게 느껴졌다.

'이것도 민첩이 오른 효과구나.'

재빨리 중심을 잡은 이민혁이 제르단 샤키리의 뒤를 쫓으며 움직임을 방해했다. 제르단 샤키리의 스피드는 빨랐지만, 쫓지 못할 정도는 아니었다.

더구나 민첩이 오르며 조금이지만 스피드에도 도움이 된 것 같았다. 확실히 뭔가 빨라진 느낌이 계속해서 들었다.

또, 제르단 샤키리가 소유한 공을 향해 다리를 뻗을 때도 그랬다.

샤키리가 급격히 방향을 트는 바람에 공을 뺏어 내진 못했지만, 분명히 발을 뻗는 속도도 빨라졌다.

'이거… 잘하면 슈팅 파워도 세지겠는데?'

다리를 휘두르는 속도가 빨라진다는 건 슈팅의 강도가 세질 수도 있다는 말이었다.

'생각했던 것보다 효과가 좋아.'

이 순간, 이민혁의 머릿속에 '민첩' 능력치는 높은 순위로 자리 잡았다.

이후, 경기의 분위기를 가져간 건 A팀이었다.

3 대 2로 밀리는 상황에서도 계속해서 공격의 끈을 놓지 않았

고, 결국 2골을 더 터뜨렸다.

골을 넣은 선수는 프랑크 리베리.

리베리는 홀로 2골을 추가로 넣으며 스코어를 4 대 3으로 만들었다.

역시 클래스가 다른 선수였다.

B팀의 아르연 로번은 컨디션이 좋지 않았는지 처음 골을 넣었을 때와 같은 슈팅을 보여 주지 못했다.

돌파까지는 환상적이었지만 슈팅이 계속 골대를 벗어났다.

이민혁에게도 특별히 좋은 기회는 없었다.

그래도 아무것도 못 한 건 아니었다.

상대 풀백과 계속해서 일대일을 시도하며 기어코 한 번 뚫어 냈고, 좋은 크로스를 뿌리기도 했으니까.

더불어 상대 윙어와 풀백을 경기가 끝날 때까지 끊임없이 압박하며 공격을 방해했으니까.

삐이이이익!

경기가 종료됐다.

팀을 나눠서 치열하게 승부를 펼쳤던 선수들은 언제 그랬냐는 듯 친근하게 대화를 나눴다.

그리고 이때.

한 남자가 이민혁을 향해 다가왔다.

조금 과장하면 할아버지와 같은 얼굴을 한 남자였다.

"안녕? 너 잘하더라."

'아르연 로번?'

친근하게 말을 걸어 온 남자는 아르연 로번이었다.

최소 50대는 되어 보이는 얼굴을 가진 이 남자는 월드클래스 윙어이자, 축구 강국인 네덜란드의 국가대표로 뛰는 선수다.

더불어 바이에른 뮌헨의 주전 윙어이자 에이스 중 한 명이었다.

그의 실력이 얼마나 대단한지는 조금 전에 펼쳐졌던 연습경기에서의 모습을 떠올리면 알 수 있었다.

그야말로 괴물 같은 선수다.

때문에, 이토록 대단한 남자가 친근하게 말을 걸어 왔다는 사실은 이민혁을 놀라게 했다.

물론 더 놀라운 건 이 남자의 나이가 겨우 29세밖에 안 된다는 것이었다.

심지어 만으로는 28세였다.

"감사합니다."

이민혁은 짧은 독일어로 감사를 표현했다.

매니저 피터가 근처에 붙어 있었지만, 감사 인사 정도는 직접 할 수 있었으니까.

그러자 아르연 로번이 씨익 웃으며 이민혁의 어깨에 팔을 올렸다.

"빠르고, 과감하고, 많이 뛰고, 골도 넣었고. 너 감독님이 좋아할 스타일이더라."

"하하… 감사합니다."

"앞으로 자주 봤으면 좋겠네. 꼭 1군에 올라와."

"예! 꼭 올라갈게요!"

이게 꿈이야 생시야?

바스티안 슈바인슈타이거에게 칭찬을 들은 것으로도 모자라 이젠 아르연 로번까지 나를 칭찬한다고?

이거 실화야?

이민혁은 빠르게 뛰는 심장을 진정시키려고 노력했지만 쉽지 않았다.

우상처럼 여기던 선수 중 하나인 아르연 로번에게 들은 칭찬이 너무 강력했던 모양이다.

그런데 이때.

아르연 로번이 사람 좋은 미소와 함께 질문했다.

"너 박지석 알아?"

"…예?"

이민혁의 눈이 커졌다.

설마 아르연 로번에게 '두 유 노 지석 팍'을 듣게 될 줄이야.

*　　　　*　　　　*

바이에른 뮌헨 선수들은 대부분 친절한 편이었다.

이들은 경기가 끝난 이후에 어색해하는 이민혁에게 먼저 다가와 짧은 칭찬의 말을 건넸다.

대부분 '잘한다', '너 빠르더라', '열심히 하면 1군에 올라오겠는걸?' 같은 덕담이었다.

덕분에 이민혁은 '감사합니다'라는 말을 독일어로 계속해서 반복해야 했다. 물론 즐거우면서도 얼떨떨한 반복이었다.

이처럼 친절한 선수들 사이에서 가장 친절한 모습을 보인 선수는 지금 눈앞에 서 있는 아르연 로번이었다.

"피터, 방금 로번이 박지석 선수를 알고 있냐고 물어본 것 맞죠?"

이민혁이 고개를 슬쩍 돌려 피터를 바라봤다.

방금 아르연 로번의 입에서 '두 유 노 박지석?'이 나온 게 맞는지 확인하고 싶었다.

피터는 고개를 끄덕이며 '예, 그렇게 얘기했어요'라고 대답했다.

조금 의아한 기분이 들었다.

'갑자기 박지석 선수 얘기를 왜 하지? 물론 로번이랑 박지석 선수가 한때 같은 팀에서 뛰었던 건 아는데……'

박지석은 한국인 최초로 맨체스터 유나이티드에서 뛴 남자이자, 대한민국 국가대표로도 전설적인 활약을 펼쳤던 인물이다.

지금 역시 현역으로 활동하고 있는, 살아 있는 레전드이기도 하고.

한국에서 축구를 하는 사람으로서 그의 이름을 모른다는 건 말이 안 되는 일이었다.

근데 그걸 아르연 로번이 왜 물어봤을까?

잠시 생각에 빠졌던 이민혁이 아르연 로번을 보며 고개를 끄덕였다.

"박지석 선수, 알죠. 한국의 레전드 축구선수니까요."

그러자 아르연 로번이 환하게 웃으며 더욱 친근하게 다가왔다.

"역시 아는구나? 박지석이랑 친해?"

"아뇨, 개인적인 친분은 없어요. 하지만 굉장히 친해지고 싶은 분이에요."

"그렇구나. 그럼 이형표도 알겠네?"

"이형표 선수요? 당연히 알죠. 역시나 친해지고 싶은 분입니다."

이형표.

토트넘 홋스퍼와 도르트문트에서 뛰었던 선수이자, 한국에서 다시는 나오지 못할 레프트백이라 평가 받는 레전드.

당연하게도 그 역시 이민혁에겐 하늘과도 같은 선배였고, 너무나도 친해지고 싶은 인물이었다.

"그럼 내가 박지석, 이형표와 같은 팀이었던 건 알려나?"

"한국 축구 팬이라면 모를 수가 없는 일이죠. 한국 축구 팬들은 박지석 선수, 이형표 선수, 아르연 로번 선수가 에인트호번에서 함께 뛰었었다는 사실을 자랑스러워하거든요."

이민혁의 말은 사실이었다.

실제로 축구 관련 커뮤니티에선 박지석, 이형표, 로번과 관련된 댓글들이 많이 올라오곤 했으니까.

예를 들면.

ㄴㅋㅋㅋㅋ박지석이랑 이형표, 한때 로번이랑 같이 뛰었었음. 개 쩔지 않음?

ㄴㅋㅋ알지. 지금 생각하면 개소름임. 그때 에인트호번이 왜 셌

는지 알 수 있는 일이지.

　└ㄹㅇ자랑스럽다ㅋㅋㅋㅋㅋ아르연 로번은 진짜 월클이잖아.

　└부상만 아니었으면 월드클래스 정도가 아니라 신계에 올랐을 수도 있어. 아르연 로번의 재능은 진짜 미친 수준이니까. 근데 너무 유리 몸이라…….

　└여기서 팩트는 유리 몸이어도 잘 극복하고 바이에른 뮌헨에서 주전 윙어로 뛰고 있다는 거지. 진짜 대단한 선수임.

　이런 식이었다.

　축구 팬들은 진심으로 대한민국 레전드 축구선수들과 월드클래스인 아르연 로번이 함께 뛰었었다는 사실을 좋아하고, 자랑스러워했다.

　"오… 꽤 오래된 일인데 그걸 한국 축구 팬들이 안다고? 이건 정말 기분 좋은 일인데? 음… 그럼 내가 박지석, 이형표와 같은 팀이었다는 걸 안다니까 얘기하기가 좀 편하겠네."

　"…어떤?"

　"솔직히 말하면 난 박지석, 이형표랑 지금은 연락을 잘 하지 않아. 아무래도 몸이 멀어지고 서로가 바쁘게 살다 보니 어쩔 수 없는 일이지."

　"그렇겠죠. 다들 워낙 바쁘실 테니까요."

　"방금 말했던 것처럼 연락은 잘 하고 있지 않지만, 그래도 언제든지 연락을 할 수 있는 친구들이지. 그리고 난 그 친구들과 한 약속을 꼭 지키고 싶어."

　"……?"

갑자기 약속이라고? 무슨 약속을 말하는 거지?

이민혁은 다음 내용이 궁금했기에 초롱초롱한 눈을 한 채, 아르연 로번이 다시 입을 열기만을 기다렸다.

그리고.

물을 한 입 들이켠 아르연 로번이 다시 이야기를 시작했다.

"한참 우리 관계가 좋아졌을 때였어. 박지석과 이형표는 나한 테 호감을 보였고, 나 역시 실력과 인성이 좋은 두 선수에게 좋은 감정을 가졌지. 우린 자연스럽게 친구가 됐어. 그리고… 우리가 한창 친해졌을 때, 박지석과 이형표가 내게 부탁을 해 왔어. 평소에 부탁이란 걸 하지 않는 친구들이었기에 좀 놀랐지. 근데 그 내용을 듣고는 더 놀랄 수밖에 없었어."

흥미로운 내용이었다.

한국의 레전드 축구선수인 박지석과 이형표, 아르연 로번이 엮인 스토리라니!

더구나 축구선수이지만 한 명의 축구 팬이기도 한 이민혁의 눈에도 박지석과 이형표는 누군가에게 부탁을 안 하는 모범생 같은 이미지였기에, 이들이 과연 어떤 부탁을 했을지 더욱 궁금해졌다.

"박지석 선수와 이형표 선수가 어떤 부탁을 했죠?"

"한국인 선수와 같은 팀이 됐을 때, 그들에게 잘 대해 주고 가능하다면 잘 챙겨 달라는 부탁이었어."

"……!"

"특히 박지석과 이형표는 이 말을 강조했어. 유럽에서 뛰는 한국인 선수들은 앞으로도 계속 적은 숫자일 거고, 그들은 외로울 수밖에 없다고. 내가 조금만 챙겨 준다면 한국인 선수들은 훨씬 쉽게 팀에 적응할 거라고 말하더군."

"그분들이 그렇게 말씀하셨다고요?"

이민혁이 입술을 깨물었다.

감동이었다.

박지석 선수와 이형표 선수는 한국 축구선수들 사이에선 우상과도 같은 분들이었다.

모범적인 생활과 대단한 실력을 보여 줬고, 인성적으로도 훌륭한 모습을 보여 왔으니까.

그런데… 설마 유럽으로 나올 후배들을 위해 아르연 로번에게 이런 부탁까지 해 놓으셨을 줄이야.

"응. 나한테 꼭 부탁한다고 했어. 그리고 난 그러겠다고 약속했지. 그래서 난 네가 팀에 적응할 수 있게 조금이나마 도와주고 싶은데, 넌 어떻게 생각해?"

이민혁의 눈이 커졌다.

어떻게 생각하냐니?

당연히 오브 콜스! 물론이었다. 대환영이었다.

막말로 아르연 로번 정도면 스승으로 모실 수도 있다.

만약 아르연 로번이 축구 교실을 연다면 분명 엄청난 인파가 몰릴 것이다. 그만큼 대단한 선수니까.

그런데 그토록 대단한 선수가 도움을 준다고 제안한다?

무협지에선 이런 걸 기연이라고 표현할 것이다. 도무지 거절할 이유가 없는 제안이라는 거다.

"저는 너무 감사하죠."

"그래, 그럼 이따 밥이나 먹으러 갈래? 독일에 온 지 얼마 안 돼서 입맛에 맞는 음식을 아직 못 찾았을 것 같은데?"

"오! 같이 밥 먹을 수 있으면 영광이죠. 근데 제가 입맛에 맞는 음식을 못 찾은 건 어떻게 아셨어요?"

"나도 해외에서 오래 살았으니 다 알지. 넌 한국에서 왔으니까 당연히 한국 음식이 먹고 싶겠지?"

"…예. 그건 그렇죠."

"그럼 한국 음식 먹으러 가자. 내가 잘하는 곳을 알고 있거든."

"……!"

지금 이 순간, 이민혁은 생각했다.

아무래도 아르연 로번은 천사가 아닐까?

*   *   *

아르연 로번의 말은 빈말이 아니었다.

이민혁은 훈련이 끝난 뒤에 피터, 아르연 로번과 함께 훈련장에서 차로 40분 거리에 있는 한식당에 도착했다.

'와… 진짜 한식집이네?'

진짜 한식당이었다.

삼겹살과 꽃등심, 갈비, 불고기, 비빔밥 같은 음식을 파는 리얼 한국 식당!

한창 먹는 것에 관심이 많은 19세의 이민혁에겐 이곳이 천국처럼 느껴졌다.

"내가 사는 거니까 먹고 싶은 메뉴로 마음껏 먹어."

아르연 로번의 말은 감동적이었다.

단숨에 우리 형이라는 말이 튀어나올 정도로.

'우리 로번 형 너무 멋있고.'

식사는 완벽했다.

한국산 돼지고기와 소고기는 아니었지만, 독일산 고기들의 맛도 훌륭했다.

의외였던 건 아르연 로번이 한식을 꽤 좋아한다는 사실이었다.

네덜란드 사람이 삼겹살을 상추쌈에 싸 먹고, 맵다고 헥헥거리면서도 푸른 고추를 쌈장에 찍어 먹는 모습은 좀 쇼크였다.

"스읍, 후우~! 이 고추 되게 맵네. 민혁, 너도 매운 거 잘 먹어? 박지석과 이형표가 말하기론 한국인들은 매운 걸 다 잘 먹는다던데."

"당연히 잘 먹죠."

이민혁은 자신 있게 대답하며 쌈장에 찍은 고추를 한입 가득 베어 물었다.

특유의 아삭한 식감과 매콤함이… 아니라, 이건 너무 매웠다.

어지간한 청양고추 뺨치는 수준의 매운맛이었다.

"엌! 이거 왜 이렇게 매워?"

이민혁의 얼굴이 터질 듯 붉어지자, 아르연 로번이 낄낄대며 웃었다.

"푸흐흐! 한국인이라고 매운 걸 다 잘 먹는 건 아니었나 보네.”

“어우! 물 좀! 이게 너무 비정상적으로 매운 거예요! 이거 왜
이렇게 맵지? 고추에 캡사이신 소스라도 뿌렸나?”

“푸흐흐흐! 피터, 이 친구 원래 이렇게 웃겨요?”

“저도 이민혁 선수가 매운 걸 먹은 건 처음 봅니다. 근데…
큽! 웃기긴 하네요.”

피터 역시 괴로워하는 이민혁의 모습이 재밌었는지 웃음을
참는 것에 실패했다.

물을 잔뜩 마신 이민혁이 장난 섞인 얼굴로 피터를 노려봤
다.

“피터! 담당 선수가 죽어 가는데, 어떻게 웃을 수가 있어요?
그리고 방금 로번한테 독일어로 내 욕했죠? 다 알아요.”

“절대 아닙니다. 그리고… 솔직히 너무 웃겼어요.”

“와! 이럴 수가… 어떻게 믿었던 피터가!”

“저도 참아 보려 했는데… 푸흡!”

한바탕 웃음이 지나간 이후, 대화의 주제는 축구로 흘러갔
다.

축구 얘기가 시작되자, 아르연 로번과 이민혁은 곧바로 진지한
태도를 보였다.

매니저 피터 역시 진지한 얼굴로 통역을 진행했다.

“이곳에 오니 선수들의 실력이 확실히 다르더라고요. TV에서
나 보던 선수들을 바로 앞에서 보는 것도 놀라웠지만, 실력에 특
히 놀랐어요. 1군 선수들과 제 앞에 엄청 높은 벽이 있는 느낌이
었죠.”

"처음엔 그게 정상이야. 나도 처음 프로가 됐을 땐 그런 느낌을 받았어. 근데 너무 높은 벽이라고 생각하진 마. 사람이 신기한 게 좋은 동료들 사이에서 열심히 하다 보면 어느 순간 비슷한 위치에 서 있더라. 어쩌면 더 높은 곳에 서 있게 될 수도 있고. 그리고 민혁 너는 충분히 좋은 재능을 가졌으니까 항상 자신감 있게 축구하면 좋은 결과가 나올 거야."

"감사합니다. 그럼……."

식사가 진행되는 동안 이어진 아르연 로번과의 대화는 즐거웠다.

더불어 좋은 친구를 사귀었다는 느낌도 받았다.

"그나저나 아까 감독님과 무슨 얘기를 한 거야? 감독님이 되게 재밌어하던데?"

이때, 질문을 받은 이민혁의 입가에 미소가 지어졌다.

훈련이 끝난 뒤에 있었던, 펩 과르디올라 감독과의 대화가 생각났기 때문이었다.

'이민혁 선수, 오늘 컨디션이 좋은 편이었나요? 1군 선수들 사이에서 골을 넣을 줄은 몰랐는데.'

'아뇨, 최근 들어 가장 안 좋은 컨디션이었어요. 감독님, 이건 정말 확신하는데, 다음엔 제 컨디션이 좋을 거고 경기력도 훨씬 더 좋을 겁니다.'

'으하핫! 이렇게 한 번 더 기회를 만들려고요? 정말 이민혁 선수는 17세라는 나이에 안 어울리게, 아주 여우군요. 그런데 신기하게도 밉지가 않아요.'

'좋게 봐 주셔서 감사합니다. 그런데 만약 다음 1군 연습경기

에서 제 모습을 보시면 밉지 않은 정도가 아니라, 아주 호감일 겁니다.'

'흐흐… 이민혁 선수, 정말 재밌는 사람이네요. 그래요, 이번에도 당신이 이겼습니다. 조만간 한 번 더 1군 훈련에 참여할 기회가 있을 거예요. 그때까지 2군에서 다치지 말고 좋은 컨디션을 유지하세요.'

『레벨업 축구황제』 2권에 계속…